ジョン・ル・カレ

JOHN LE CARRÉ

SILVERVIEW

シルバービュー荘にて

加賀山卓朗訳

Hayakawa Novels

シルバービュー荘にて

SILVERVIEW
by
John le Carré

Translated by
Takuro Kagayama
First published 2021 in Japan by
Hayakawa Publishing, Inc.
This book is published in Japan by
arrangement with
Curtis Brown Group Limited, London
through Tuttle-Mori Agency, Inc., Tokyo.

装幀／K2

登場人物

スチュアート・プロクター……部（サービス）の国内保安の責任者
クエンティン・バッテンビー……部（サービス）の副部長
ビリー……同国内監視部門の責任者
テリーザ……同法務課課長
レジー……同部員
フィリップ……同元ベオグラード支局支局長
ジョーン……同元ベオグラード支局副支局長。フィリップの妻
トッド……イギリス空軍の連絡将校
アニア……ポーランド人のバレリーナ
フェリックス・バンクステッド……アニアの内縁の夫。平和活動家
ファイサル……ヨルダン人の医師
サルマ……ファイサルの妻。ヨルダン人
エレン……プロクターの妻
ジャック……プロクターの息子
ケイティ……プロクターの娘
ジュリアン・ローンズリー……書店主
マシュー……ジュリアンの書店の店員
デボラ（デビー）・エイヴォン……シルバービュー荘の女主人
エドワード（テディ）・エイヴォン……デボラの夫
セリア・メリデュー……骨董店の店主
バーナード……セリアの夫
アドリアナ……カフェの店主
ソフィ……シルバービュー荘の家政婦
リリー……プロクターに手紙を届けた女性
サム……リリーの息子

1

激しい雨の降るロンドン、ウェスト・エンドの朝十時、ウールのスカーフを引き上げて頭に巻き、ぶかぶかのアノラックを着た若い女が、サウス・オードリー・ストリートを吹き抜ける嵐のなかに敢然と足を踏み入れた。彼女の名前はリリー。感情が落ち着かず、ときにそれが怒りとなって噴き上がる。片方だけミトンをはめた手を眼の上にかざしながら、雨の向こうのドアの番号を睨みつけ、もう一方の手でビニールカバーのついたベビーカーを押していた。ベビーカーには二歳の息子のサムが乗っている。そもそも番号などついていない大邸宅もあったし、番号は合っていても通りがちがう家もあった。

柱に異様なほどはっきりとペンキで番号が書かれた仰々しいドアのまえまで来ると、彼女は階段をうしろ向きにのぼりながらベビーカーを引き上げ、むずかしい顔で呼び出しボタンの横の名前を順に読んでいって、いちばん下のボタンを押した。

「ドアを押せば開きますよ」親切そうな女性の声がスピーカーから聞こえた。

「プロクターに会うの。プロクター以外はだめだって言われてる」リリーはすぐに言い返した。

「スチュアートがいま行くわ」同じ穏やかな声が言い、数秒後に正面のドアが開いて、長身痩軀(そうく)で眼鏡(めがね)をかけた五十代なかばの男が出てきた。体を左に傾け、鳥を思わせる細長い頭を少しおどけて問いかけるようにかしげていた。そのすぐうしろに、白髪でカーディガンを着た品のいい女性が立っていた。

「私がプロクターだ。それを手伝おうか？」男は尋ねながらベビーカーをじっと見た。

「どうしてあなたがプロクターだってわかる？」リリーは返事代わりに訊いた。

「あなたの立派なお母さんがゆうべ、私個人の電話番号にかけてきて、有無を言わさず私をここに来させたからだ」

「ママはあなたひとりでと言ったはずよ」リリーは品のいい女性を睨みつけて抗議した。

「マリーはこの家の管理人だ。必要なら喜んでほかの手伝いもしてくれる」プロクターは言った。品のいい女性が進み出たが、リリーは肩をすくめてかわした。家のなかに入ると、プロクターがドアを閉めた。しんと静まった玄関ホールで、リリーは眠っている息子の頭のてっぺんが出るまでベビーカーのビニールカバーをめくり上げた。息子の髪は黒い巻き毛で、顔にはうらやましいくらい満ち足りた表情が浮かんでいた。

「ひと晩じゅう起きてたの」リリーは言って、子供の額に手を当てた。

「美男子ね」マリーと呼ばれた女性が言った。

リリーはベビーカーをホールでいちばん暗い隅の階段の下まで押していくと、座面の下に手を突っこみ、白地に何も書かれていない大判の封筒を取り出して、プロクターのまえに戻った。彼の半笑いは、寄宿学校時代に生徒の告解を聴いていた老司祭を思い出させた。リリーは学校も司祭も好きではなかった。いまいるプロクターも好きになるつもりはなかった。

「あなたが読むあいだ、ここで待ってろって」リリーは言った。

「そうだね、もちろん」プロクターは快く同意し、口元をゆがめて眼鏡越しに彼女を見おろした。

「お母さんのことはじつに残念だ、と言ってもいいかな？」

「あなたのほうから伝えたいことがあれば、あたしからママに口で伝える」リリーは言った。

「ママは電話も、ショートメッセージも、メールも受けたくないそうだから。部(サービス)からだろうと、誰からだろうと。あなたも含めて」

「それもじつに残念なことだ」プロクターはいっとき暗く考えこんで言った。そこで初めて手のなかの封筒に気づいたかのように、思案しながら骨張った指で叩いた。「大作だな、これは。何ページあると思う？」

「知らない」

「便箋(びんせん)かな？」――まだトントン叩きながら――「いや、ちがう。こんなに大きな便箋はない。ふつうのタイプ用紙か」

「なかは見てないの。言ったでしょ」

「いや、見たはずだ。まあいい」――警戒を忘れさせる人懐こい笑みをちらっと浮かべて――「読ませてもらおう。時間がかかりそうだ。別の部屋で読んでもかまわないかな？」

家のいちばん奥にある殺風景な居間で、リリーとマリーは木製の肘掛けのついたタータンチェックの大きな椅子に坐って向かい合った。ふたりのあいだの掻き傷だらけのガラスのテーブルには錫のトレイが置かれ、コーヒーのポットとチョコレート・ダイジェスティブ・ビスケットがのっていた。リリーはどちらも断わった。

「それで、お母さんの具合はいかが？」マリーが訊いた。

「ご想像どおりよ、お気遣いどうも。死ぬときにはみんなああなる」

「本当に心が痛むことばかりね。いつものことだけど。でも、彼女の精神状態はどう？」

「まだ頭はしっかりしてる。そういう意味で訊いたのなら。モルヒネは嫌だと言って使わないの。調子がよければ食事におりてくることもあるし」

「まだ食事を愉しんでいるといいけれど」

リリーはそれ以上耐えられなくなり、玄関ホールにそそくさと出ていってサムの世話をした。

プロクターが現われた。彼の部屋は居間より小さくて暗く、ずいぶん厚みのある薄汚れたレースのカーテンがかかっていた。プロクターは礼儀正しく距離を置き、遠い壁際のラジエーターの隣に立った。リリーは彼の顔つきが気に入らなかった。イプスウィッチ病院の腫瘍専門医のようだ。

身内のかただけに伝えたいことがあります、彼女は先が長くありません、と言おうとしているが、それはもう知っている。なら、いまさら何を言うつもり？

「お母さんの手紙の内容をあなたも知っていることを前提としよう」プロクターは平坦(へいたん)な口調で切り出した。もう彼女が告解をしなかった司祭ではなく、はるかに現実味のある人の声だった。さらに彼女が断固否定しかけたのを見て、「具体的な内容というより、要点をという意味だがね」

「言ったでしょ」リリーは激しく口答えした。「要点だろうとなんだろうと知らないわ。母は話さなかったし、あたしも訊かなかった」

寮でよくやったゲームだ――まばたきも微笑みもせずに、相手をどれだけ長く見つめられるか。

「わかった、リリー。では別の方向から考えよう」プロクターは腹立たしいほど辛抱強く提案した。「あなたは手紙に何が書かれているか知らない。何に関する手紙かもわからない。けれど、それをロンドンに届けることを友だちには話した。さあ、誰に話した？　これはどうしても教えてもらわなければならない」

「誰にも、くそひと言も話してない」リリーは部屋の向こうの無表情な顔に投げつけるように言った。「ママが話すなと言ったから、話さなかった」

「リリー」

「何？」

「あなたがどういう生活をしているのか、私はほとんど知らない。だが、わずかながら知っている範囲では、あなたにはなんらかのパートナーがいるはずだ。彼にどう説明した？　あるいは、女性だとしたら彼女に？　なんの言いわけもせずに苦労の多い生活からまる一日抜けるわけにはいかないだろう。ボーイフレンド、ガールフレンド、友だち、あるいはちょっとした知り合いでも、誰でもいい、とにかくそういう相手に気軽な調子で、〝あのさ、ちょっとママの用事でロンドンに行って極秘の手紙を届けてくる〟と言い残してくるのは、きわめて人間的なことじゃないかな？」

「それが人間的？　あたしたちにとって？　お互いそんなふうに話すことが？　人間的というのは、ママが決して誰にも話すなと言ったから、あたしが話さなかったことよ。それと、あたしは洗脳ずみなの。あなたたちの手で。署名もした。三年前、頭に拳銃を突きつけられて、もう大人なんだから秘密は守れと言われた。それに、あたしにパートナーはいない。愉しくおしゃべりをするような女の子の友だちも」

また睨み合うゲーム。

「あと、父にも話してないわ、それが訊きたいのなら」リリーは言った。これはいくらか告解に近い口ぶりで。

「彼に話してはいけないとお母さんに言われたから？」プロクターはやや鋭い口調で訊いた。

「話せと言われなかったから話さなかった。それがあたしたち。家ではいつもそう。お互い忍び足で歩いてる。きっとあなたの家でも同じよね」

「よければ教えてもらえるかな？」プロクターは自分の家族がどうこうという話を脇に措いて続けた。「たんなる興味からだ。今日ロンドンに来る表向きの理由は何にした？」

「どんな作り話をしたかってこと？」

部屋の向こうの痩せこけた顔が輝いた。

「そう、まあそういうことだ」プロクターは認めた。〝作り話〟が彼にとって新しい概念で、しかも愉しいものであるかのように。

「近所で保育園を探してるの。ブルームズベリーの家の近くで。サムが三歳になったときに入れてもらえるように」

「すばらしい。このあと実際に探すのかな、現実の保育園を？　あなたとサムで？　職員と話し合ったり？　サムの名前を書き留めてもらう？」プロクターは心配性の親戚のおじになっていた。説得上手なおじに。

「サムをここから連れ出せたときに、どういう機嫌かによる」

「できればぜひそうしてほしい」プロクターは強くうながした。「そうすれば、家に戻ったときにはるかに楽だから」

「楽？　何が楽なの？」――また機嫌をそこねて――「嘘をつくのが楽ってこと？」

「嘘をつかないでいられるということだ」プロクターはすぐさま訂正した。「サムと保育園に行くと言って実際に行き、家に帰って保育園に行ってきたと言えば、どこに嘘がある？　あなたはいまでさえたいへんなストレスを受けている。どうやって耐えているのか想像もつかないほどだ」

居心地の悪い間ができ、リリーには相手が本気でそう言っているのがわかった。

「残る問題は」プロクターはビジネスに戻って続けた。「あなたの並はずれて勇敢なお母さんに、どんな答えを持ち帰ってもらうかだ。なぜなら、こちらには借りがある。彼女は返事を受け取らなければならない」

プロクターはそこでリリーに少々助けを求めるかのように間を置いた。何も助けが得られなかったので、先を続けた。

「そして、この答えはあなたが言ったように、口で伝えてもらわなければならない。あなたに頼るしかないのだ。リリー、じつに申しわけない。始めていいかな？」返事を待たずに始める。「われわれの答えは、すべてこの場でイエスだ。つまり、次の三つに完全にイエスということだ。お母さんのメッセージは誠実に受け止められた。彼女の心配事は対処される。そして彼女が提示した条件は留保なしですべて満たされる。憶えられるかね？」

「英語は得意」

「それともちろん、お母さんの勇気と忠誠心に特大の感謝を伝えてほしい。あなたにも感謝する、リリー。くり返しになるが、本当に残念だ」

「パパは？　彼にはどう言えばいいの？」リリーはほだされずに訊いた。

またしても人懐こい笑み。警告灯のように。

「そうだな、まあ、彼にはこれから訪ねる保育園のことをくわしく話すといい。だろう？　結局今日はそのためにロンドンまで来たのだから」

★

路上ではね返る雨粒を浴びながら、リリーはマウント・ストリートまで歩き、そこでタクシーを呼び止めて、運転手にリヴァプール・ストリート駅までと告げた。じつは本気で保育園に行くつもりだったのかもしれない。もうわからなかった。昨晩そう話したのだったか。ちがう気がするけれど。もし話したのなら、それはもう二度と、誰にも言いわけなどしないと決めていたからだ。あるいは、プロクターに引き出されるまでそんな考えは抱いていなかったのかもしれない。ひとつだけわかっているのは、プロクターのためにくそ保育園を訪ねたりはしないということだった。どうにでもなれ。死にかかった母親たちも、その秘密も、何から何まで知ったことか。

2

同じ日の朝、イースト・アングリアの海沿いの小さな町で、三十三歳のジュリアン・ローンズリーという書店主が真新しい店の勝手口から外に出てきた。二カ月前に捨てた金融街(シティ)生活で着ていた黒いコートのビロードの襟(えり)を喉元(のどもと)でつかみ、一年のわびしいこの時期に朝食を出す一軒だけのカフェをめざして、人気(ひとけ)のない砂利浜を雨風に逆らい前屈みで歩きだした。

彼の気分は、自分に対しても世間一般に対しても穏やかではなかった。昨夜は何時間もひとりで棚卸(たなおろ)しをしたあと、階段をのぼって、店の屋根裏を改装した居住スペースに上がってみると、電気も水道も止まっていた。建設業者の電話は留守録だった。結局ホテルに泊まるのはやめて――そもそもこの時期には予約できないかもしれない――台所用の蠟燭(ろうそく)を四本ともし、赤ワインのコルクを抜いて大きなグラスに注(そそ)ぎ、ベッドに追加の毛布を積んだなかに入って、店の会計業務に没頭した。

どれもすでにわかっている数字だった。厳しい競争社会から衝動的に抜け出したあとの再出発は、無残なものだった。会計簿からわかるのはそこまでだとしても、あとは自分で説明できる――孤独な禁欲生活を送る心の準備ができていなかったのだ。このあいだまで聞いていた騒々しい声は、距離を置いたからといってすぐには静まらず、高級志向の書店に求められる基本的な文学の知識は、数ヵ月で得られるようなものではなかった。

一軒だけのカフェは、海鳥が群れをなして甲高く鳴いている暗い空の下、海辺に並んだエドワード様式の小屋の裏手に押しこめられていた。朝のランニングで見かけていたが、入ってみようという考えは一度も浮かんだことがなかった。複数形のＳの文字が消えた〝ＩＣＥ〟の緑のネオンサインが頼りなくまたたいている。重いドアを開け、風で閉まりそうになるのをこらえてなかに入り、そっと閉めた。

「おはよう、マイ・ディア！」厨房のほうから朗らかな女性の声がした。「どこでも坐って！すぐ行くから」

「おはよう」彼はあいまいに返事をした。

白い蛍光灯の下に無人のテーブルが十あまり。赤いギンガムチェックのビニールのテーブルクロスがかかっていた。そのひとつについて坐り、調味料やソースの壜のあいだからメニューを慎重に抜き取った。厨房の開いたドアの向こうから外国人アナウンサーのニュースの声が流れてくる。背後で重い靴が床を踏み、こすれる音がしたので、別の客が入ってきたのがわかった。壁の鏡で確認すると、あの奇想天外なエドワード・エイヴォン氏だったので、警戒しながらも興を覚えた。前日の夕刻に彼の店に来た、やたらとしつこい、しかし熱心な顧客である――何も買わない人を顧客と呼べるなら。

顔はまだ見えないが、永遠にそわそわした例の態度で、つば広のホンブルグ帽をフックにかけ、雨の滴る黄土色のレインコートを椅子の背にかけるのに集中している。ぼさぼさの白髪頭にしろ、たたんだ《ガーディアン》紙をあの意外に繊細な指先でこれ見よがしにレインコートの内側から取り出し、目のまえのテーブルに広げる仕種にしろ、まぎれもなくあのエイヴォン氏だった。

★

昨日夕方の閉店五分前。書店には誰もいない。一日じゅう客はほとんど来なかった。ジュリアンはレジのまえに立って、この日のわずかな売上を集計している。しばらくまえから、ホンブルグ帽に黄土色のレインコートで、巻いた傘を武器のように持って向かいの歩道に立っている人物が気になる。実入りの少ない六週間の商売を経て、店をじっと見てもなかには入ってこない人が大勢いることがわかり、癇に障りはじめている。

あの男は店の薄緑の外装が気に入らないのだろうか。昔気質の住人で、派手な色使いが好きじゃないとか？　それとも、ショーウィンドウにずらりと並んだ選りすぐりの本が気になるのだろうか。誰もが買える特価の本が？　あるいは、スロヴァキア生まれの二十歳の見習いのベラが目当てなのか。ベラはさまざまな恋愛経験を求めてしょっちゅうショーウィンドウのまえに立っているから。いや、それはない。ベラはいま倉庫で珍しく給料に見合った仕事をしている。売れ残って出版社に送り返す本の箱詰めだ。すると、あろうことか——奇跡のなかの奇跡——男が通りをこちらに渡ってきて、帽子を脱いでいる。店のドアが開き、ぼさぼさの白髪の六十がらみの顔がジュリアンをのぞき見る。

「もう閉店ですね」確信した声が言う。「閉店のようだ。改めます」ところが、泥のついた散歩靴の片方はすでに店のなかに入っていて、もう片方もすっと続き、傘もついてくる。

「いや、まだですよ」ジュリアンは相手の人当たりのよさに快く請け合う。「いちおう五時半に閉めることになってますが、融通は利きますので、入って好きなだけどうぞ」そしてまた集計に戻る。見知らぬ男はヴィクトリア様式の傘立てに丁寧に自分の傘を入れ、ヴィクトリア様式のコート掛けにホンブルグ帽をかけると、町の多数を占める高齢者向けに選んだ店内の懐古趣味の装飾を惚れ惚れと眺める。

「何かお探しですか？　それともただ見ているだけ？」ジュリアンは本棚を照らすライトをめいっぱい明るくして尋ねる。が、客は彼の質問をほとんど聞いていない。きれいにひげを剃った大きな顔の表情は俳優のようにくるくる変わり、驚きに輝いている。

「思いもよりませんでした」流れるような腕の動きで驚きの源を示して言った。「この町にもついに本物の書店ができたと自慢してよさそうだ。驚きました、本当に。心から」

そう意見を表明すると、恭しく本棚を見はじめた——フィクション、ノンフィクション、地域の話題、旅行、古典、宗教、芸術、詩。そここで立ち止まっては本を手に取り、愛書家のいわば検査項目である表表紙、カバーの袖、紙の質、綴じ目、全体の重さ、親しみやすさなどを確かめる。

「いやはやこれは」彼はまた驚きの声をあげる。

完全なイギリス英語だろうか。豊かに興味深く響き、説得力もあるが、抑揚がごくわずかに異国ふうか？

「これは——のあとはなんですか？」ジュリアンは名ばかりの事務室でこの日のメールを確認しながら、気さくに問いかける。見知らぬ男はそれまでとちがう、秘密を打ち明けるような口調でまた話しだす。

「どうでしょう。思うに、このすばらしい新店舗は完全に経営が変わったようだ。合っていますか？　それともまったく見当はずれですか？」

「経営は変わりました」まだ事務室のなかから、開いたドア越しに話しかける。そう、まちがいなく異国のなまりがある。ほんのわずかだが。

「オーナーも代わったとか？　訊いてもかまわなければ」

「かまいません。ええ、たしかに代わりました」ジュリアンはまたレジに戻って陽気に同意する。

「するとあなたは——失礼ながら」男は重々しく、少し軍人口調で続ける。「よろしいかな、もしかしてあなたは、若い船乗りその人なのでは？　あるいは彼の下で働いている？　代行者として。呼び方はともかく」そこでなぜか、こういう詮索めいた質問でジュリアンが腹を立てていると勝手に決めつけて、「個人的なことを訊きたいわけではありません。どうぞ誤解なきよう。言いたかったのは、平凡な先代がこちらの店を〈古の船乗り〉と名づけたのに対し、あなたというかたは、こう言ってよければ、ずっと若く、はるかに妥当な後継者として――」

　すでにふたりはいかにも英国ふうの馬鹿げた素性の探り合いから抜け出せなくなっており、それがすべて然るべきところに収まるまで続く。ジュリアンが、ええ、たしかに経営者もオーナーもぼくですと応じれば、見知らぬ男が「これを一枚ちょうだいしても？」と長く尖った指先で店の名刺ケースから器用に名刺を引き抜き、みずからの眼で証拠を鑑定するようにライトにかざす。

「つまり、あなたは――まちがっていたらご訂正ください――ミスター・J・J・ローンズリーご本人で、〈ローンズリーズ・ベター・ブックス〉の単独オーナーかつ経営者でいらっしゃる」男はそう締めくくり、芝居がかった遅さで腕をおろす。「事実ですか、フィクションですか？」と言うなり、くるりと振り返ってジュリアンの反応を見る。

「事実です」ジュリアンは肯定する。

「この最初のJは？　うかがってもよろしければ」

「かまいませんよ。ジュリアンです」

「偉大なるローマ皇帝ユリウス。では、二番目のJは？　なおさらよけいな質問ですが」

「ジェレミーです」

「逆ではない？」

「断じて」

「あなたはJ・Jと呼ばれているのですか？」

「ぼくとしては、たんにジュリアンでお願いしたいところです」

見知らぬ男は眉間にしわを寄せてしばらく考える。突き出た眉は生姜色で、白いものが交じっている。

「なるほど、あなたはジュリアン・ローンズリーであって、その写し絵でも影でもないわけですね。申し遅れましたが、私はエドワード・エイヴォン、川の名前と同じエイヴォンです。多くの人からテッドまたはテディと呼ばれますが、仲間内ではエドワードで通っています。初めまして、ジュリアン」とカウンター越しに手を差し出す。指は細いのに、握る力は驚くほど強い。

「ああ、初めまして、エドワード」ジュリアンは軽快に答え、無礼にならない範囲でできるだけ早く手を引っこめて、エドワード・エイヴォンが次の手を考えるふりをしているあいだ、待つ。

「ところでジュリアン、少し立ち入った、場合によっては不愉快になりかねないことを申し上げてもかまいませんか？」

「立ち入りすぎなければ」ジュリアンは用心深く、しかし相変わらず軽い口調で答える。

「では憚りながら、あなたが一新されたきわめて印象的な品ぞろえについて、ごくつまらない提案をひとつさせていただくとしたら、それはあまりに図々しい行為でしょうか？」

「いいえ、いくらでもどうぞ」危険な黒雲が遠ざかったので、ジュリアンは温かく答える。

「完全に個人的な意見で、こういうことに関する私の感じ方を反映しているにすぎません。そこはご理解いただけますね？」もちろん理解できる。「では申し上げます。この誉れある州では、いや、それを言えばほかのどの州でも、ゼーバルトの『土星の環』を置いていない〝地域の話題〟の棚は未完成と見なすべきです。だが見たところ、あなたはゼーバルトをご存じないようだ」

　何を根拠に？　とは思うが、実際知らない著者であることは認めざるをえない。エドワード・エイヴォンが、英語読みの〝シーボルド〟ではなく、ドイツ語読みの〝ゼーバルト〟で発音したので、なおさらだ。

「あらかじめ申し上げておきますが、『土星の環』は、あなたや私が理解する意味でのガイドブックではありません。偉そうな物言いかもしれない。お許しいただけますか？」

　許す。

「『土星の環』は第一級の文学的手品です。イースト・アングリアの徒歩旅行に始まって、ヨーロッパのあらゆる文化的遺産に触れ、果ては死に至るまでの精神の旅です。W・G・シーボルド――」今度は英語ふうに発音して、ジュリアンが書き留めるのを待つ。「かつてわれらがイースト・アングリア大学のヨーロッパ文学の教授だった彼は、われわれの多くと同じく抑鬱症で、悲しいかな、亡くなってしまった。ゼーバルトを悼みましょう」

「悼みます」ジュリアンはまだ書きながら約束する。

「ご厚意に甘えて長居しすぎました。結局何も買わなかった。私はなんの役にも立たない人間です、ただ畏怖するのみで。失礼します。おやすみなさい、ジュリアン。この類いまれな新しい店に幸あれ！　いや待った！　あれは地下室ですか？」

エドワード・エイヴォンは、遠い隅の〝売切特価〟コーナーの奥、ヴィクトリア様式の衝立に少し隠れた螺旋階段のおり口を見つけて眼を輝かせる。

「空っぽです、あいにく」ジュリアンはまた売上の計算に戻りながら言う。

「ですが、なんのために空っぽに、ジュリアン？　書店ですよ？　空のスペースがあってはならない！」

「まだどうしようか検討中でして。古書のコーナーにするかもしれません。そのうち」――そろそろ疲れてきた。

「見せていただくわけには？」エドワード・エイヴォンは食い下がる。「あつかましい好奇心からですが。もしお許しいただけるなら？」

許す以外に何ができる？

「明かりのスイッチは、おりて左です。階段に気をつけて」

エドワード・エイヴォンは、ジュリアンが驚くほどの身軽さで螺旋階段の下に消える。ジュリアンは耳をそばだてて待つが、何も聞こえないので、自分のとった行動がわからなくなる。どうして行かせてしまったのか。あれほど頭のいかれた男を。

消えたときと同じ身軽さで、エイヴォンがまた現われる。

「最高です」彼は崇めるように言う。「明るい未来を約束する部屋だ。手放しで祝福します。今度こそ、おやすみなさい」

「あなたのご職業をうかがっても？」ジュリアンは、ドアに向かいはじめた男の背中に呼びかける。

「私ですか？」

「ええ、そうです。あなたは作家ですか？　それとも芸術家？　ジャーナリスト？　学識の深いかただ。知っているべきなのですが、まだこちらに来て日が浅いもので」

この質問はエドワード・エイヴォンを困惑させたようだ。同じくらいジュリアンも困惑している。

「いや、それは」エドワード・エイヴォンはじっくり考えてから答える。「イギリスの雑種犬ということにしておきましょう。引退した取るに足らない元学者、片手間のような仕事をしている人間です。これで納得していただけますか？」

「納得するしかないようです」

「では、ごきげんよう」エドワード・エイヴォンは最後にドアロから寂しげに振り返って言明する。

「ごきげんよう」ジュリアンは陽気に返す。

そこでエドワード・エイヴォン（川の名前と同じ）はホンブルグ帽をかぶって角度を調節し、傘を取って、颯爽と夜のなかに出ていく。が、ジュリアンのいる店内には、男が出がけに残していった息のアルコール臭がしつこく漂っている。

★

「食べたいものは決まった、マイ・ディア？」店に入ったジュリアンを迎えたときと同じ強い中央ヨーロッパの訛りで店主が訊いていた。しかし彼が答えるまえに、海風のうなりとカフェの薄っぺらい壁の軋みやガタつきを超える音量で、エドワード・エイヴォンの太い声が響いた。

「おはようございます、ジュリアン。こんな天候だが、ぐっすり眠れたでしょうね？　アドリアナのふっくらしたオムレツをお薦めしますよ。まさに絶品なので」

「ああ、そうですね。ありがとう」ジュリアンは答えた。まだあまり〝エドワード〟は使いたくなかった。「それにします」と言い、すぐ横に立っている太り肉の店主に、「トーストとお茶もつけてください」と注文した。

「ふわふわにする？　エドヴァルトのみたいに」

「ふわふわで」そしてあきらめたように、エイヴォンに話しかけた。「あなたのひいきの酒場というわけですね？」

「衝動に駆られたときにはね。アドリアナの店はこの小さな町の穴場のひとつですから。そうだろう、ダーリン？」

その執拗(しつよう)な話しぶりは、派手な装飾こそ健在だが、今朝(けさ)はいくらか覇気(はき)がないように思われた。前夜の息のにおいから考えればわからなくもない。

アドリアナは大きな体を揺すって愉(たの)しそうに厨房に帰っていった。落ち着かない沈黙がおりてきた。海風はうなり、見かけ倒しの建物は風圧で持ち上がり、エドワード・エイヴォンは《ガーディアン》紙を熟読している。ジュリアンは雨が洗う窓を見つめているしかなかった。

「ジュリアン？」

「なんです、エドワード？」

「本当に驚くべき偶然だが、私はあなたの亡き父上の友人だったのです」

また雨が窓に激しくぶつかった。

「本当ですか？　それはじつに意外だ」ジュリアンはきわめて英国的に応じた。

「ふたりとも、身の毛がよだつパブリック・スクールに収監されていたのですよ。ヘンリー・ケネス・ローンズリー。しかし学友たちには、偉大なるＨＫとして親しまれていた」

「ええ、そうですね、学校時代が人生でいちばん幸せだったとよく言っていました」ジュリアンはまったく確信がないまま認めた。

「そして悲しいことに、気の毒な彼の人生を振り返ると、それは真実にほかならなかったと結論せざるをえないかもしれない」エイヴォンは言った。

　そのあとはまた風のぶつかる音と、厨房から聞こえるラジオの外国語だけになった。ジュリアンは、まだ自分のものという気がしない無人の本屋に早く戻らなければと急に思った。

「そうかもしれません」とあいまいに同意し、アドリアナがふわふわのオムレツと紅茶を運んできたのでほっとした。

「そちらに移ってもよろしいですか？」

　許可を出そうが出すまいが、エイヴォンはすでにコーヒーを持って立ち上がっていた。ジュリアンはどちらに驚いたのかわからなかった——父親の不幸な人生を相手が明らかによく知っていることか、それとも、エイヴォンの眼窩に沈んだ眼が赤く、無精ひげに覆われた頬に心痛のしわが刻まれていることか。これが昨夜からの二日酔いだとしたら、生涯いちばんというほど飲んだにちがいない。

「親愛なる父上が私の話をしたことはありませんでしたか？」エイヴォンは坐って身を乗り出し、やつれた茶色の眼でジュリアンに訴えながら訊いた。「エイヴォンの話を？　テディ・エイヴォンですが？」

　ジュリアンの記憶にはなかった。すみません。

「〈パトリシャンズ・クラブ〉は？　〈パトリシャンズ〉について、あなたに話しませんでしたか？」

「それは話しました。ええ、もちろん」ジュリアンは叫んだ。よかったのか悪かったのか、とにかく最後の疑いも消えた。「弁論をしない弁論クラブ。ぼくの父が作ったけれど、一度集まったかどうかで禁止された。そのせいで父は放校になりかけたとか。まあ、本人の弁ですが――いや、弁でしたが」と注意深くつけ加えた。自身に関する亡父の説明は、つねに正確とはかぎらなかったからだ。

「HKはクラブの会長で、私は副会長でした。私も放校になりかけましたよ。いっそなればよかった」――冷たいブラックコーヒーをぐいと飲んで――「アナーキスト、ボリシェヴィキ、トロツキスト、支配者集団（エスタブリッシュメント）がどんな教義に激怒しても、われわれはそれを即刻取り入れた」

「まさに父もそんなふうに説明していました」ジュリアンは認めた。彼もエイヴォンも、互いに相手が次のカードを出すのを待った。

「そしてそう、驚いたことに、あなたの父上はオクスフォードに行った」エイヴォンがついに思い出した。わざとらしく身震いし、覇気のない声をさらに下げ、濃い眉を道化師のように天に持ち上げて、横目でジュリアンの反応をうかがった。「そこで彼らの手に落ちた」――ジュリアンの腕に同情の手をのせて――「ちなみに、あなたは信心深いほうではありませんか？」

「ちがいます」ジュリアンは怒りがこみ上げるのを感じながら強調した。

「では、続けても？」

ジュリアンは彼の代わりに続けた。

「そこで父は、アメリカの資金が入った再生派福音主義の催眠術師たちの手に落ち、スイスの山の上まで連れていかれて猛烈なキリスト教徒に変わった。そう言いたかったのですか?」

「そこまで激しいことばではありませんが、まあ、そんなところです。あなたは本当に何かを信仰していませんね?」

「本当にしていません」

「では、知るための基礎はできている。気の毒な彼はオクスフォードに行き、私宛ての手紙に〝すごく幸せだ〟と書いてきました。全人生が目のまえに開けていて、女の子もいっぱいいて——そう、それがHKの弱みでしたが、悪いことじゃないでしょう?——ところが、二年目の終わりに——」

「彼らに捕まった。ですね?」ジュリアンはさえぎって言った。「そして聖公会の司祭に叙任されて十年後、日曜の会衆が集まった教会の説教壇で、みずからの信仰を撤回した——私、聖公会の聖職者であるH・K・ローンズリーは、神は存在しないことをここに宣言します、アーメン。あなたはそう言おうとしていたのですか?」

エドワード・エイヴォンは、当時のタブロイド紙が盛んに書きたてた、ジュリアンの父親の奔放な性生活やほかの気晴らしについて話そうとしているのだろうか。かつて称えられていたローンズリー家が教会から無一文で通りに放り出された残酷な顛末を、事細かに聞きたがっているのだろうか。ジュリアン自身が、父親の早すぎた死のあと遺された借金を支払い、母親のテーブルにパンをのせるために大学進学の夢を捨て、遠い親戚のおじが所有するシティの証券会社の使い走りとして働かなければならなかったことを？　だとしたら、ジュリアンは二十秒であっさり店から出ていったはずだ。

しかし、エドワード・エイヴォンの表情は下劣な好奇心とは無縁で、心からの同情に満ちていた。

「そしてあなたはそこにいたのですか、ジュリアン？」

「そ、そことは？」

「教会に」

「たまたま、ええ、いました。あなたはどこに？」

「私はひたすら彼のそばにいたかった。彼の身に起きたことを新聞で読んで――いかんせん、少々手遅れでしたが――どれほど不充分でも手助けしたいと、すぐに手紙を書きました。友情の手を差しのべたかった。持っていたいくばくかの金を」

ジュリアンはしばらくそれについて考えた。

「あなたは父に手紙を書いた」と問いかけるようにくり返した。当初の不信感が影のように戻ってきた。「返事は来ましたか？」

「来ませんでした。私は返事に値しない人間だった。父上と最後に会ったとき、彼を聖愚者呼ばわりしたのです。彼が私の申し出をはねつけても文句を言えた筋合いではない。他人の信仰がいかに馬鹿げていても、それを侮辱する権利はありません。あなたもそう思いますか？」

「おそらく」

「当然ながら、ＨＫが信仰を捨てたとき、私はとても誇らしく思いました。そしてあなたのことも、こう言ってよければ、彼の代わりに誇らしく思います、ジュリアン」

「誇らしく？」ジュリアンは思わず吹き出して、大声で言った。「つまり、ぼくがＨＫの息子で、本屋を開いたからですか？」

エドワード・エイヴォンは何も可笑しいとは思っていなかった。

「親愛なる父上のように、あなたも逃亡する勇気を持っていたからです。彼は神から、あなたは母上から」

「どういう意味です？」

「あなたはシティでトレーダーとしてかなり成功していたと聞きました」

「誰から聞いたんです？」ジュリアンは頑固に問い質した。

「ゆうべ、あなたの店から帰ったあとで、セリアを説き伏せてコンピュータを使わせてもらったのです。たちまち私は大きな悲しみに打たれた。すべてが明らかになりました。気の毒な父上は五十歳で亡くなり、あなたはそのひとり息子のジュリアン・ジェレミーだと」

「セリアというのはあなたの奥さんですか？」

「〈セリア骨董店〉のセリアです、本通りで、いまや増えすぎたロンドンからの裕福な週末旅行者の集合場所になっている、あなたの優秀な隣人ですよ」

「どうしてこっそりセリアの店に行かなきゃいけなかったんです？　ぼくの店で言えばよかったのに」

「迷っていたのです。あなたもきっとそうなるはずだ。もしやと思いましたが、自信はなかった」

「加えて、昨夜はかなり酔っておられた」

　エイヴォンの耳には入らなかったようだ。

「名前ですぐにピンと来ました。醜聞になったことはよくわかっていたので。ただ、その後のなりゆきは知らなかった。気の毒な父上が亡くなったことも。あなたがＨＫの息子さんであれば、どれほど苦しまれたか想像できます」

「それで、ぼくがシティから逃亡したというのは？」ジュリアンは歩み寄ることを拒否して尋ねた。

「なんの前触れもなくシティの儲かる生活を捨てた、とセリアからたまたま聞いたのです。わけがわからない、と。もっともな意見に思えます」

　ここでジュリアンは、父親が困り果てていたときに資金提供を申し出たというエドワード・エイヴォンのささやかな逸話に戻りたかったが、エドワード・エイヴォンには別の考えがあった。

いまや驚くほど元気を回復していて、眼には新たな情熱が宿っていた。声にも華やかさと豊かさが戻った。

「ジュリアン。亡き父上の名のもとに、天の導きでほんの数時間のうちに二度会うことになった奇遇にも感謝しつつ、あなたの店のあの大きな美しい地下室についてひとつ申し上げたい。あそこにどんな宝物があるか考えたことがおありかな？　あれがどれほどの奇跡か？」

「はあ……いいえ、正直言って、あまり考えたことがありませんでした」ジュリアンは答えた。

「あなたは？」

「昨日お会いしてから少々考えました」

「ぜひ聞かせてください」疑う気持ちがなくはなかったが、ジュリアンはうながした。

「あのまっさらのすばらしい空間に、誰も見たことのない、魅力あふれる独創的なものを作ったらどうでしょう。この地域の教養人、あるいは教養人になりたいすべての顧客の話題になるような」

「なるほど」

「ただの古書コーナーではありません。特徴のない本を漫然と並べるのではなく、われわれの時代、いや、あらゆる時代を通じてもっとも意欲的な精神の持ち主のために、しっかり選んだ本の神殿にするのです。何も知らない男女が通りから入ってきて、ひとまわり大きく、豊かになり、さらに知識を欲しはじめるような。どうして微笑んでおられる？」

書店主になったばかりで、開業後にようやくこの職業には独特の技能と知識が必要だと気づいた人間が、こっそり無邪気にそういう本を仕入れて、ありがたがる大衆にさも自分の蔵書らしく提供する場所というわけだ。

そんな埒もない考えが湧いたものの、ジュリアンは、アイデア自体は悪くないと思いはじめていた。エドワード・エイヴォンに対してそれを素直に認める気にはまだなれなかったが。

「一瞬、父の声を聞いている気がしたもので。すみません。どうぞ先を」

「当然そろえるべき偉大な小説家の作品だけではありません。哲学者、自由思想家、すぐれた運動の創始者……われわれが大嫌いな書き手の著作も含めてです。市場を支配している文化的官僚主義の死んだ手が選ぶのではなく、〈ローンズリーズ・さらなるベター・ブックス〉が選ぶ。名づけて――」

「なんでしょう、たとえば？」ジュリアンは思わず訊いていた。

エイヴォンは聞き手の期待をいっそう高めるために間を置いた。

「〈文学の共和国〉と呼びましょう」と宣言し、腕を組んで椅子の背にもたれると、目のまえの相手をじっと観察した。

いままで聞いたなかでいちばん大げさな売り口上ではないか、とジュリアンは感じはじめていた。こちらの文化的劣等感に訴えることを狙った当てずっぽうの売りこみだろう。どこの誰なのか、いまも頭のなかで疑問が渦を巻いている男からの図々しい提案であることは言うに及ばず。

ところが、そんな思いにもかかわらず、エドワード・エイヴォンの壮大な構想はジュリアンの心にまっすぐ届いた。そもそも彼がこの町に来た意義にも適(かな)っていた。

〈文学の共和国〉？

これは買いだ。

胸に響いた。

高級志向だが、万人の心をとらえる力がある。採用しろ。

シティ経験者らしく、ジュリアンは反射的に「名案ですね。考えてみます」と答えたものの、じつはもっと前向きな態度を見せたかった。しかしすでにエドワード・エイヴォンは立ち上がり、ホンブルグ帽と黄土色のレインコートと傘を回収してカウンターに近づくと、豊満なアドリアナとの会話に没頭していた。

だが、何語で話している？

ジュリアンの耳には、厨房(ちゅうぼう)のラジオから聞こえるアナウンサーのことばのように思えた。エドワード・エイヴォンがその言語で話しかけ、アドリアナが笑って、同じ言語で応じる。エドワードは彼女をからかっていっしょに笑い、そのままドアへと歩いていった。そしてジュリアンのほうを振り返り、最後に疲れきった笑みを送った。

「このところ少々まいっていまして。すみませんが失礼します。ＨＫの息子さんに会えてよかった。望外の出来事でした」

「謝っていただく必要はありません。それどころか、あなたはすばらしかった――〈文学の共和国〉のことですが。また店のほうに立ち寄って、アドバイスをいただけないかと思っています」

「私がアドバイス？」

「いけませんか？」

ゼーバルトを知っているなんらかの学者で、本を愛し、時間を持て余している人物だとしたら、実際何がいけないというのだろう。

「本屋の上にコーヒー・バーを開く予定です」ジュリアンは熱心に続けた。「うまくいけば、来週には準備ができます。のぞいてみてください。何か食べながら話しましょう」

「親愛なるご友人、なんと親切なお誘いでしょう。ぜひ行かせてもらいますよ」

ホンブルグ帽からはみ出した白髪を翼のようになびかせて、エドワード・エイヴォンはまた嵐のなかに出ていった。ジュリアンはレジカウンターに向かった。

「オムレツ、美味しくない、マイ・ディア？」

「すごく美味しかったよ。量がちょっと多めだったけど。ひとつ教えてもらえますか。いまあなたがたは何語をしゃべってました？」

「エドヴァルトと？」

「そう、エドヴァルトと」

「ポーランド語よ、マイ・ディア。エドヴァルトは立派なポーランド人。知らなかった？」

そう、知らなかった。

「そうなの。彼、いまとても悲しい。奥さんが病気で。もうすぐ死にそう。あなた知らない？」

「この町に来てまもないので」ジュリアンは釈明した。

「わたしのキリルは看護師。イプスウィッチ総合病院で働いてる。彼から聞いた。奥さんはもうエドヴァルトと話さない。彼を追い出す」

「奥さんが彼を追い出した？」

「たぶん彼女はひとりで死にたい。そういう人いるでしょ。ただ死んで、たぶん天国に行きたい」

「奥さんもポーランド人ですか？」

「いいえ、マイ・ディア」屈託（くったく）のない笑い。「彼女、イギリスのレディ」鼻の下に人差し指を横に持っていって優越感を表わす。「お釣りは？」

「取っておいてください。ありがとう。最高のオムレツでした」

★

無事店まで戻ったあと、ジュリアンは驚くほど動揺している。シティ時代に何度か詐欺師と出会ったことはあるが、かりにエドワードもそれだとしたら、腕前ははるかに上だ。よりによって今朝（けさ）八時の大雨のなか、ぼくが店から出るわずかなチャンスをつかもうと外をうろつき、金をだまし取る明白な意図を持ってアドリアナのカフェまでついてきたなどということが考えられるだろうか。通りの先の家の入口にいたあの人影、傘をさして雨をよけていた猫背のあの人物が、ことによるとエイヴォンだったのだろうか。

だとしても、最終目的はいったいなんだろう。

エイヴォンの望んでいることが親交だけだとしたら、亡き父の旧友に対してそれを叶えてやるべきではないか？　彼が瀕死の妻に追い出されたのだとすれば、なおさら。

決め手はこれだ――エドワード・エイヴォンにしろ、ほかの誰にしろ、ジュリアンの家の水道と電気が止まっていることを誰が知りえた？

つまらない考えに耽ったことを恥じて、ジュリアンは軌道修正しようと、手落ちのあった業者に次々と電話をかけて長い説教をする。そのあとコンピュータで、現在小児虐待の不名誉な調査を受けている、亡父の母校〈ウェストカントリー〉パブリック・スクールのサイトを見てみる。

たしかに〝エイヴォン、テッド（エドワードではない）〟が、第六学年の〝転入生〟として記録されていた。在学期間一年。

続いて、まずただの〝エドワード・エイヴォン〟、次に〝エドワード・エイヴォン　学者〟、そして〝エドヴァルト・エイヴォン　ポーランド語話者〟で検索してみるが、失敗に終わる。それらしい結果は出てこない。

地元の電話番号帳に〝エイヴォン〟はひとりもいない。番号案内にかけてみる――番号非公開。

正午に建築業者が事前連絡もなく現われて、三時ごろまで居坐る。水と電気は復旧する。夕方、ジュリアンは前任者がまだ処理していなかった稀覯本と古書の注文書をめくって、たまたま〝エイヴォン〟とだけ書かれたカードを発見する。隅が折られたそのカードには、イニシャルも、住所も、電話番号もない。

男か女かわからないその〝エイヴォン〟は、状態のいい〝チョムスキー・N〟のハードカバー全般に関心がある。名もない同胞ポーランド人だろうと胸につぶやいて、カードを片づけようとしたところで、いややはりと思い直し、〝チョムスキー・N〟を検索してみる――

ノーム・チョムスキー、著作百冊以上。分析哲学者、認知科学者、言語学者、政治活動家、アメリカの資本主義と外交政策の批判者。複数の逮捕歴あり。世界最高クラスの知識人で、現代言語学の父とされる。

ジュリアンは不明を恥じ、甦ったキッチンでいつもの孤独な夕食を終えたあとベッドに入るが、エドワードかエドヴァルト・エイヴォンに関することしか考えられない。これまでにあの人物の相容れないふたつのバージョンを見ている、と彼は思う。あといくつ見ることになるのだろうか。

ついに眠りに落ちながら、自分にはもうひとりの父親像を求めるひそかな欲求があったのだろうかと考える。いや、ひとりで充分だ。もうけっこう。

3

すばらしい一日だった。どんな日よりすばらしい日、スチュアート・プロクターと妻のエレンがまるひと月待ちわびた日、ふたりの子供、双子のジャックとケイティの二十一歳の誕生日だった。それが神の計らいで土曜になった。上は八十七歳のベンおじから、下は生後三カ月の甥のティモシーまでの三世代にわたるプロクター一家が、バークシャーの丘陵地帯にひっそりとたたずむ、スチュアートとエレンの趣味のいい邸宅に集まっていた。

プロクター家は決して自分たちを上流階級と見なさない。〝エスタブリッシュメント〟と言われるだけでも憤慨した。〝特権階級〟も〝エリート〟と同じくらいの悪口だ。一家はリベラルな南部イングランド人であり、進歩的で、努力を惜しまない白人だ。高潔で献身的、社会のあらゆるレベルとつながっている。財産は信託に預けられ、議論されることはない。教育面では、最高に優秀な者がウィンチェスター校、次に優秀な者がマールバラ校に行き、要望や規律にしたがって残りのいくらかが公立校にかよう。選挙日に保守党に投票する者はいない。かりにいたとしても、家族に知られないように細心の注意を払う。

現在プロクター家からは、博識な判事がふたり、勅撰弁護士ふたり、医師三人、大手一般紙の編集長ひとりが出ている。ありがたいことに、政治家はいない。そしてかなりの数のスパイがいる。スチュアートのおじのひとりは、戦時中ずっとリスボンで査証係官をしていた。それが何を意味しているかは誰もが知っている。冷戦初期には、家族のはみ出し者が共産主義体制のアルバニアに大損害をもたらす反乱軍を組織し、その功労により勲章を授けられた。

女性たちについて言うと、六十年前には、ブレッチリー・パークの政府暗号学校かワームウッド・スクラブズ刑務所にこもって働いていないプロクターの女性を見つけるほうがむずかしかった。この種の家族の常として、プロクター家の人々も、イギリス支配階級の精神的聖域は諜報活動であることを、生まれたときから知っていた。口にこそ出さないが、その意識が彼らの結束をさらに強めた。

よほど愚鈍でないかぎり、スチュアートに職業を尋ねる者はいなかった。ロンドンの外務省か、外交上の前哨基地に次々と配属されて四半世紀、五十五歳だというのに、どこかの大使でもないし、何かの事務次官にも、サー・スチュアートにもなっていない理由を尋ねたりもしない。

だが、みな知っていた。

その晴れた春の土曜、家族は集まってピムズ（炭酸飲料で割って飲む混成酒）とプロセッコ（イタリア産の白のスパークリングワイン）

を飲み、馬鹿げたゲームをして、双子の誕生日を祝っていた。大学三年で生物学専攻のジャックも、大学三年で英文学専攻のケイティも、それぞれの大学からどうにか抜け出して、金曜の夜にはキッチンに入り、母親のエレンが鶏（とり）の手羽肉をマリネにし、仔羊の背肉（ラム・ラック）に下味をつけ、石炭や氷の入った袋を運ぶのを手伝っていた。母親のそばにつねにジントニックを用意しておくことも忘れなかった。エレンは依存症ではないものの、強い酒を飲みながらでないと料理はできないと断言している。

　スチュアートの命令で、クロッケー用の芝生だけが刈られずに残され、午後七時二十分パディントン発の列車で主人がロンドンから帰ってくるのを待っていた。しかし、一日の最後の光が消えるころ、ジャックは意を決してそこを刈ることにした。家族でよく言う〝工場のトラブル〟が発生し、スチュアートがその晩、ドルフィン・スクウェアのアパートメントですごさなければならなくなったからだ。翌日の朝一急行（スパロウファート）——これも家族の用語——に乗る。

　というわけで、スチュアートがそもそも帰ってこられるのか、あるいは工場のトラブルのせいでロンドンに引き止められるのかということでいくらか緊張感が漂っていたが、土曜の朝九時ちょうどに——ああ、よかった！——年季の入った緑のボルボがハンガーフォード駅から丘をせっせとのぼってきて、ひげを剃（そ）っていないスチュアートが運転席でレーシングドライバーのようにニヤニヤして手を振っていた。エレンは二階で浴槽に湯を張り、ケイティは「帰ってきたわよ、ママ！」と叫びながらキッチンに駆けこんでベーコンと卵を温めはじめた。母親は、「気の毒なお父さんを少し休ませて！」と叫び返す。エレンは昔気質のアイルランド人であり、喜ばしい危機を祝うときほどアイルランド人らしくなることはないからだ。

いまやようやく、すべてがリアルタイムで動きだした。ジャックが応接間から配線した音響装置が吐き出す爆音のロック。スパルタ式のプール――プロクター家は温水にしない――のデッキでダンス。双子の昔の砂場でペタンク。子供向きの短縮ルールのクロッケー。ジャックとケイティの学友たちが手際よくバーベキュー台で働いている。ひと仕事終えたエレンはくつろいで、裾の長いドレスとカーディガンを美しくまとい、誰もが知る鳶色の髪の上に柔らかな麦藁帽子をかぶって、デッキチェアに貴婦人然と横たわっている。スチュアートは厳重機密保持の緑の電話で話すために、ときどき家の裏手の食器室を改装した書斎に引っこむが、そこでもことばは慎重に選び、最小限だ。そしてまた数分後に戻ってくると、いつものように気配りの行き届いた、陽気で慎み深いホスト役として、こちらの老いたおばや、あちらの隣人に声をかけたり、いますぐお代わりが必要なピムズのグラスをめざとく見つけたり、誰かが踏んで転びそうなプロセッコの空き壜を巧みに片づけたりする。

涼しい夜になり、親しい家族と、とりわけ仲のいい人たちだけが残ると、スチュアートはもう一度、元食器室への短時間の往復をすませたあと、応接間のベヒシュタイン（ドイツの歴史的なピアノ製造会社のピアノ）のまえに坐って、誕生日を祝う十八番の一曲、フランダース＆スワンの『カバの歌』を演奏し、アンコールにはノエル・カワードがミセス・ワージントンに忠告する歌――娘さんを舞台に立たせないで、ミセス・ワージントン――を披露する。

そして若者たちもいっしょに歌い、マリファナの甘いにおいが大気に妖しく混じり、スチュアートとエレンは最初気づかないふりをしていたが、ついにふたりともくたくたに疲れていることを認めて、「そろそろ年寄りはおやすみの時間だ。失礼します」と二階の寝室に引き揚げる。

★

「さあ、いったい何が起きてるの、スチュアート。話して」エレンが化粧鏡を見ながら、早口のアイルランド訛りで愛想よく尋ねる。「今朝戻ってきてから、熱い煉瓦の上の猫みたいに落ち着きがないけれど」

「いや、そんなことはないよ」プロクターは抵抗する。「ずいぶんパーティを盛り上げた。いままであんなにうまく歌えたことはなかったし、きみの親愛なるメーガンおばさんとも三十分話し、クロッケーではジャックをこてんぱんにした。ほかに何をしろというんだ?」

わざとらしく考えこみながら、エレンはダイヤモンドのイヤリングをはずす。まずそれぞれの耳のうしろの留め具のネジをゆるめ、サテンの内張りの箱にしまい、その箱を鏡台の左手の抽斗にしまう。

「でも、落ち着きがないわ。見てごらんなさい。服すら脱いでいない」

「十一時に緑の電話に連絡があったときに、若者たちのまえをドレッシングガウンとスリッパでうろちょろするわけにはいかんだろう。九十歳の爺(じい)さんになった気がする」

「わたしたちみんな爆撃されるの？　またそういうことになる？」エレンが訊く。

「いや、たぶんなんでもない。私のことは知ってるだろう。心配するために給料をもらってるんだ」

「それならものすごく支払ってもらわないと、スチュアート。ブエノスアイレス以来、いまの半分でも心配しているところは見たことがなかったから」

　フォークランド紛争前夜のブエノスアイレスで、スチュアートは副支局長を務め、エレンは彼の隠れたナンバーツーだった。ダブリン大学トリニティ・コレッジを卒業したエレンも、もとは部(サービス)で働いていて、プロクターと部(サービス)の半分にとって、考えうる唯一のパートナーだ。

「また戦争に突入するわけじゃないさ、もしきみがそういうことを望んでいるなら」あくまで冗談めかして言う。冗談になればだが。

　エレンは頬を鏡に近づけ、メイク落としをつける。

「なら、また国内の保安に関すること？」

「そうだ」

「わたしに話せること？　それともいつもの？」

「いつものだ。すまない」

　もう一方の頬。

「追っているのは、もしかして女性？　女性だと顔に書いてある。誰が見てもわかる」

結婚して二十五年になるが、エレンの勘のよさにはいまだに驚かされる。

「訊かれたから答えるが、そう、女性だ」

「部員？」

「それはパス」

「元部員？」

「パス」

「わたしたちの知り合い？」

「パス」

「彼女と寝たの？」

長い結婚生活でエレンがそんな質問をしたことは一度もなかった。なぜ今晩？　なぜ彼女がまえまえから計画していたトルコ旅行まであとわずか一週間となったいま？　レディング大学の笑えるほどハンサムで若い考古学の個別指導教官が引率者としてついていく旅だが。

「記憶にあるかぎり寝ていない」彼はあっさり答える。「聞いたところでは、問題の彼女は先発十一人としか寝ない」

低俗な言い方だし、真実に近すぎる。言うべきではなかった。エレンは髪留めのピンをはずし、比類ない鳶色の髪をむき出しの肩に垂らす。世の初めから美しい女性がそうしてきたように。

「まあ、とにかく気をつけて、スチュアート」と鏡に映った自分に言う。「明日のスパロウファートで帰るの？」

「そうしなければならないようだ」

「子供たちにはコブラ（内閣府ブリーフィングルームの略称。国内外の重大事件に対処する危機管理委員会がおこなわれる部屋）の打ち合わせだと言っておくわ。きっと大喜びする」

「だが、コブラじゃないんだ、エレン」プロクターは言っても無駄だと知りつつ抗議する。

エレンは片方の眼の下に染みを発見し、コットンパッドを当てる。

「ひと晩じゅう食器室で待機するつもりじゃないでしょうね、スチュアート？　だってそれは女の人生の嘆かわしい無駄遣いだから。なおかつ男の人生の」

家のあらゆる廊下から喜びの声が聞こえるなか、プロクターは元食器室に向かう。緑の電話が郵便局のポストよろしく赤い台座の上にのっている。五年前にこれが設置されたとき、エレンは奇妙な思いつきからそれに保温用のティーポット・カバーをかけた。以来、電話にはそれがずっとかかっている。

4

ジュリアンがたまたまエドワード・エイヴォンと二度出くわした次の週は、つまらない事件ばかりが続く。

隣家の不正な増築計画で、店の倉庫の唯一の窓から日中の光が奪われそうになる。

ある夕方、地元の司書の会議から帰ってくると、留守番のベラはおらず、店は施錠されていて、窓辺に花束つきで置かれたお礼のカードに、オランダの漁師との不滅の愛の宣言がしたためられている。

そしていまやジュリアンの心のなかで、未来の〈文学の共和国〉の発祥地となることが決定している大切な地下室には、地中から壁越しに湿気が入っていることがわかる。

こうした数々の厄災はあったものの、ジュリアンは亡父の学友の多彩な顔について考えることをやめない。レインコートを着たエドワードの影が、ホンブルグ帽の向きを変えずに店のウィンドウのまえを通りすぎるところを何度想像したことか。どうしてあの哀れな男は、店をのぞいて何か食べようとしないのだろう。何も買う必要はないんだぞ、エドワード。あるいは、エドヴァルト。誰であれ。

エドワードの偉大な計画について考えれば考えるほど、心のなかでそれが育っていく。とはいえ、呼び名はあれでいいだろうか。ちょっと気取りすぎではないか？　〈読者の共和国〉のほうが一般受けするのでは？　〈読者の共和国〉、〈読者の新共和国〉、いやいっそ〈ローンズリーの読者の共和国〉はどうだろう。それともすっきり簡潔に〈文学共和国〉とか？

誰にも話さず――話し相手のエドワードがいないので――ジュリアンはわざわざイプスウィッチの印刷所まで出かけ、地元紙の全面広告用にいくつかの案を印刷してもらった。いまのところ、エドワードの最初の名称がいちばんいい。

そんなことをしている最中でも、気分が落ちこむとエドワードを頭のなかに呼びこんで、自分と父親に関する差し出がましい理論に耳を傾けてしまう。

ぼくがシティから逃亡した？　くだらない。ぼくは勤務の初日から確信犯的な捕食者だった。何かの信者だったことはない。入って、盗んで、征服して、出た。以上。

いまは亡き父親については、まあ、ごくわずかな可能性として、ある種の宗教的亡命者だったかもしれない。教区の敬虔な女性信者の半数と寝てしまったら、人も神も終了宣言をする気になるのかもしれない。

そして例の心温まる友情の提案、困窮していた旧友のＨＫにエドワード・エイヴォンが提供を申し出たという、金銭だかほかの何だかについては？　ジュリアンとして言えることは、今度会ったときに証明してほしい、だけだ。

というのも、聖職者Ｈ・Ｋ・ローンズリー（傷ついて引退）に関してほかに何が言えるのであれ、無用のゴミをためこむことにかけては別格だったからだ。存在しない将来の伝記作家のために、説教のメモだろうと、未払いの請求書や手紙だろうと、どんなにつまらないものでも保管していた。捨てた愛人から、怒った夫や店主や主教に至るまで、彼の病的なエゴの網から逃れられるものはなかったのだ。

そうしたゴミくずの山のあちこちには、たしかに数は少ないながら、父親がどうにかつなぎ止めていた友人の手紙がまぎれこんでいる。そのなかのひとりふたりは、実際になんらかの援助を申し出ているが、昔の学友のエドワード、エドヴァルト、テッド、あるいはテディからの手紙は一通も見当たらない。

その矛盾も気になったし、地下室の湿気の問題を解決して早く〈文学の共和国〉を立ち上げたいという焦りもあったので、ジュリアンは、多少やましい心持ちに目をつぶって、本通りの仕事場で骨折って働く仲間、〈セリア骨董店〉のミス・セリア・メリデューを、町の死に体の芸術祭を復活させる話し合いという名目で訪ねることにする。

★

彼女は久々の日差しのなか、店の入口に仁王立ちし、シガリロを吸いながら待っていた。少なくとも六十歳は超えている。この日の装いはオウムの羽色のような緑とオレンジのキモノで、豊かな胸にキラキラしたビーズのネックレスを何重にもかけ、ヘナで染めた髪を丸くまとめて日本の櫛で留めていた。

「一ペニーも出さないよ、お若いミスター・ジュリアン」近づくジュリアンに、彼女は明るく警告した。精神的支援だけをお願いしたいとジュリアンが安心させると、「訪問先をまちがえたね、ダーリン。精神なんてなんの値打ちもない。さあ、客間でジンでもやりなさい」

入口のガラスのドアには〝猫の去勢手術無料〟という手書きの紙が貼ってあった。客間は嫌なにおいのする裏の部屋で、壊れた家具、埃をかぶった時計、フクロウのぬいぐるみが並んでいた。彼女は年代物の冷蔵庫を開け、持ち手に値札がぶら下がった銀のティーポットを取り出して、ジンベースの飲み物をヴィクトリア朝ふうのワイングラス二個についだ。本日の憎しみの対象は、新しくできたスーパーマーケットだった。

「あれはあんたの店をつぶすし、この店もつぶすよ」彼女は強いランカシャー訛りで予言した。「ああいう連中の頭にあるのは、あたしらみたいな正直な商売人を追い出すことだけだから。あんたの本屋が生活費の半分でも稼いでると知ったが最後、巨大な本屋を開いて、あんたのとこが慈善団体の古本販売店になるまでやめない。さあ、お祭りの話を聞こうか。飛んじゃいけないマルハナバチが飛ぶ話は聞いたことがあるけど、死んだハチが飛ぶ話は聞いたことがないね」

ジュリアンは宣伝文句を唱えた。すでに何度もくり返してうまくなっている。いろいろ可能性を探るために非公式の作業グループを作ろうと思っています。協力してもらえませんか？

「バーナードに手をつないでもらいたいところだね」セリアは言った。

バーナードは彼女の王配(コンソート)だ。市場向けの野菜栽培業者で、フリーメイソン、パートタイムの不動産業者、町の計画評議会の議長。バーナードも入ってくれれば言うことはない、とジュリアンは力説した。

雑談しながら、セリアはジュリアンの人となりを探る。彼はそれにつき合う。青果物店のジョーンズが町長に立候補するのをどう思う？　愛人を妊娠させたって、奥さんを除く全員が知ってるんだけど。教会の裏にいま建ってるあのお買い得な住宅はどう？　不動産屋と弁護士が分け前を取ったあと、誰にとってお買い得になるんだろうね。

「パブリック・スクール出ね、ダーリン？」セリアが鋭く光る小さな眼で値踏みしながら訊いた。

「イートン校に行った。政府の連中みたいに」

いいえ、セリア。公立校です。

「しゃべり方は品がいいけど。あたしのバーナードと同じだ。もちろん、かわいいガールフレンドもいるんだろ？」――悪びれるそぶりもなく人物評定を続けて。

いまはいません、セリア。そう。休憩中ということにしときます。

「でも女の子がいちばん好き。だね、ダーリン？」

もちろんですと同意しながら、もっと話しなさいと言わんばかりに身を乗り出してジンをつぎ足す相手を見て、あまり熱心にうなずきすぎないように注意する。

「わかるだろ、あんたのことをちょこっと耳にしたんだよ、お若いミスター・ローンズリー。あたしが誠実な人間だったら他人様には言わないようなことも含めて。まあ、誠実でいたいと思うけど。あんた、悪魔みたいなトレーダーだったんだって？　業界のリーダーだったと聞いた。でも、敵より友だちのほうが多いって。生き馬の目を抜くシティじゃ珍しいことらしいね。本屋にお客さんは来るの？　それとも、死んだ店の悪口は言うべきじゃない？」彼女は威勢よくキモノの裾を持ち上げて足を組み、ジンをひと口飲んだ。

ジュリアンはこの機を逃すまいと、不審に思われないように寄り道もしながら、たまたま思い出したように、そう言えばおもしろいことがありましたと切り出す。閉店間際に乗りこんできた奇妙な顧客がかなり酔っていて、店のなかを隅から隅まで眺めながら、ぼくを三十分間会話に引きこみ、本一冊買わずに帰ったと思ったら、その人は――それ以上の説明は必要なかった。

「それはあたしのテディよ、ダーリン！」セリアはわざと憤慨したふりをして叫んだ。「もう大喜びだった！　まっすぐここへ来て、コンピュータで何から何まで調べて、まったく。ああ、でも、あんたのお父さんが亡くなったことを知ると――ただでさえあれこれ面倒を抱えてるのに――

—気の毒、気の毒にね」と首を振りながらつけ足した。ジュリアンには、亡き父親とエドワードの衰弱した妻の両方のことを言っているように思えた。

「かわいそう、かわいそうなテディ」彼女は続けながら、ビーズのように小さくギラギラした眼でまたジュリアンの鑑定にかかる。そしてほとんど間を置かずに、「あんた、彼と取引したことはないね、ダーリン、シティの大物だったときに?」と巧みに何も知らないふりをして訊く。「直接的、間接的に? どう? 互いに対等な立場(アームズ・レングス)で——あっちではそう言うんだっけ?」

「取引? シティで? エドワード・エイヴォンと? 何日かまえに初めて会ったんですよ。その後たまたま朝食でいっしょになっただけで」——そこでふと嫌な予感がして——「なぜです? 彼に近づくなという警告じゃありませんよね?」

セリアは彼の質問を無視して、眼光鋭くジュリアンの精査を続けた。

「たんにあたしの親友ってこと、ダーリン。ミスター・エドワード・エイヴォンはね」と何かをほのめかすように言った。「特別な友だちというか」

「詮索(せんさく)するつもりはないんです、セリア」ジュリアンはあわてて言ったが、また無視された。

「あんたが思うよりずっと特別な。そのことを知ってる人は、あたしのバーナードを除くと多くない」相変わらずジュリアンを精査しながら、思案顔でジンをひと口飲む。「もっとも、あんたには知られてもいい。ほら、シティの大物とつき合いがあったりするんだろ。口が堅い人間だってことがわかればだけど。そのうち分け前をまわしてあげられるかも。まあ、聞いた話だと、蓄えがないわけじゃなさそうだけど。どうなの？　そこが大事」

「口が堅いかってことですか？」

「こっちが訊いてるの」

「ふむ、それはあなたが判断することです、セリア」ジュリアンは慎ましく言ったが、もう何があってもセリアは止まらないと確信していた。

★

本当に長い話だよ、と彼女は断言する。もう十年になる。ある晴れた日の朝、そこのドアからあたしのテディが風のように入ってきた。ティッシュを詰めこんだ買い物袋から中国の磁器の鉢を取り出して、カウンターに置き、運がいい日にはどのくらいの値段になるだろうと訊いた。

「買う場合、それとも売る場合？」あたしは訊いた。知らない人だったから。当然だろ？　入ってきたときには、テディと名乗った。人生で一度も会ったことがなかったのに、まるであたしの親友みたいに。つまり無料で鑑定しろってこと？　あたしは言った。それじゃ生活できないから、鑑定額がいくらでもその〇・五パーセントをもらうよ。そしたら彼は、頼むよ、セリア、と言った。そう邪険にしないでくれ。おおよその額でいいから。もし自分で買うなら十ポンドね、とあたしは伝えた。それでもそうとう気前がいいほう。彼は、一万ポンドなら譲ると言って〈サザビーズ〉の鑑定書を見せた。八千ポンドだった。どこの誰かもわからない人だ。そうだろ？　どんないかさま師だっておかしくない。ちょっと外国人ふうでもあったし。それにあたしは明朝の染付についいて何ひとつ知らなかった。そんなこと、窓から店のなかをのぞくだけで見当がつくさ。あんた誰？　あたしは訊いた。エイヴォン、と彼は答えた。ファーストネームはエドワード。まさか〈シルバービュー〉のデボラ・ガートンと結婚したエイヴォンじゃないだろうね？　いや、その当人だが、テディと呼んでほしい。まあ、たしかに彼はテディって雰囲気だった」

ジュリアンは途方に暮れた。

「〈シルバービュー〉とは、セリア？」

町の反対側にある大きな暗い家よ、ダーリン。給水塔から丘を半分くらいおりたとこ。きれいな庭があってね。というか——あった。大佐がいた昔は〈メイプルズ〉と呼ばれてたけど、デボラが相続して、いまは〈シルバービュー〉になった。なぜかは訊かないで。

大佐とは？　ジュリアンは訊いた。そんな意外な状況にいるエドワードを想像するのがむずかしかった。

デボラの父親さ、ダーリン。この町の恩人で美術品蒐集家、町の図書館の設立者であり後援者、あんただってもちろん彼の世話になってる。あたしのバーナードも大佐と契約して、造園や庭の手入れの仕事をもらった。いまもデボラはときどきバーナードを呼んでるよ。

美しい染付の数々をすべて遺したのも大佐だった、とセリアは暗いため息をついて続け、本当に壮大なコレクションだった、と強調した。〝角の生えた〟と韻を踏んだ〝グランド〟だ。

「すると、その日テディがあなたを訪ねたのは、家にあった明朝の磁器の一部を小遣い稼ぎであなたに安く売り払うためだった」ジュリアンが言うと、セリアは恐怖に打たれて口を開け、また閉じた。

「テディが？　奥さんが相続した遺産をこっそりくすねて？　そんなことするわけない、ダーリン！　あたしのテディは根っからの正直者よ。誰がなんと言おうと、そう！」

ジュリアンはしおらしく反省して、訂正を待った。

ちがうの、とセリアは言った。引退したテディがしたかったことは、あんたやあたしが死んだって行かないような外国で長年教師をして――デボラは特殊法人やら何やらで働いていて同行しなかった――稼いだ資金を使って、大佐のグランド・コレクションを断然トップの地位まで引き上げることだった。手元の品を別の高価なものに買い換えたり、新たに何か買い入れたりして。

「そしてテディは、セリアに彼の仲介人、発掘係、購買代理人、代表者になってもらいたい。完全に極秘の個人的な取り決めで、手間賃として基本年間委託料が現金二千ポンド、さらに別途合意する割合で年間取引額に応じた仲介料、こちらは現金でもなんでも、内国歳入庁の手を煩わさないかたちで支払いたいが、どう思いますか？　さあ、あんただったらどう思う？」

「たった一回の短い訪問でそれだけのことを？」ジュリアンは感心して言った。心のなかでは、チーズオムレツひとつをたいらげる時間で、エドワードが〈文学の共和国〉の有望な共同創設者かつ顧問になってしまった不気味なほどの速さを思い出していた。

「三回よ、ダーリン」セリアは訂正した。「同じ日の午後にもう一回、でもって翌朝、あたしがイエスと言った瞬間に渡すつもりで、十ポンド紙幣で二千ポンド入った封筒を持ってきた。その後取引があるたびに、金額は彼が決めるけど、いくらかくれるってことだった。文句は言えない。そのどうやら彼がひとりでこっそりやってることのようだったから」

それで、あなたの返事は？

「あたしのバーナードに訊かなきゃいけないと返事した。それから、これはもっと彼のことを知ってたらすぐに訊くべきだったんだけど、いったいなんであたしを選んだのか、と。ふつう最高級の中国の染付を駄菓子屋みたいな店を通して売らないでしょ？　と訊いた。買うこともないよね？　それに、このごろはコンピュータもイーベイも当たりまえなのに、あたしのとこにはコンピュータさえないし、もちろん使い方なんてわからない。あたしたちはラッダイト（十九世紀初めのイギリスで機械化に反対した労働者。転じて、テクノロジー嫌い）、あたしとバーナードはそれが誇りなの、と言った。あたしたちがラッダイトなのは町じゅうの人が知ってる。ところがテディはちっとも困らなかった。そう言われるのがわかってて、全部答えを考えてた。セリア、ディア、あなたは指一本上げる必要はない。そのままでいてくれればいい。私が何から何まで手配するから。コンピュータも買う。設置して操作も私がする。買い足したり買い換えたりするものも自分で探す。オークションの値づけも調べる。あなたに頼みたいのは話すことだけだ。私の代理人となり、必要に応じて私の指示にしたがいながら表に立って。というのも、私は自分の人生を隠しておきたいので。それが自分の引退生活だと思っている」

　セリアは唇をすぼめ、ジンを飲み、シガリロを吸った。

「そして、あなたたちはそうしたわけですか。すべてふたりだけの取り決めで?」ジュリアンは当惑して訊いた。「十年でしたっけ? とにかくそのあいだ、テディが取引をし、あなたは顧問料と手数料をもらいつづけた」

★

　そこでセリアの雰囲気が一気に暗くなったので、ジュリアンの当惑はますます深まった。

　十年のあいだ、初日からずっと、すべてがすばらしかった。コンピュータはきちんと届いて、ささやかな居場所を与えられた——ほらそこよ、ダーリン、天板が丸くまえに張り出した書き物机の上、あんたが坐ってるところから二メートルも離れてない。エドワードは気が向いたときに立ち寄って——毎日じゃなくて、一週間以上空くときもあったけど——カタログやら業界紙やらといっしょにそこの椅子に坐り、コンピュータを使った。ふたりでジンを飲み、セリアは彼の代理人として電話を受けた。

　そして毎月、晴れても降っても、封筒が手渡された。金額については互いに信頼していたから、セリアは中身を数えもしなかった。ときどきエドワードは仕事で出張したが、そんなときにも書留郵便で封筒が届き、あなたの美しい眼が恋しいとか、それと同じくらい馬鹿げた内容のラブレターがたいてい添えられていた。テディは何事にも手を抜かない人で、若いころには怖ろしくもてたにちがいない。

「どんな仕事で出張を、セリア？」

「国際的な仕事よ、ダーリン。教育関連の。エドワードは知識人だから」セリアは鼻高々に答えた。

またため息。うっかりジュリアンにヒントを与えてしまった場合に備え、服の襟足を上品ぶって引っ張る。十年間の天国が終わる瞬間が近づいていた。

一週間前の日曜の夜、十一時に電話が鳴る。セリアとバーナードはソファに足を上げてテレビを見ている。セリアが受話器を取る。彼女のまねるデボラ・エイヴォンの声は、一部はランカシャー訛り、一部はイギリス女王だ。

「そちらはセリア・メリデュー？　ええ、デボラ、とあたしは応じる。こちらはセリアよ。そう、お電話したのは、エドワードとわたしがうちにある中国の染付のコレクションをすぐに処分しようと決めたからなの。処分する、デボラ？　まさかあのグランド・コレクションを？　ええ、セリア、まさにそれを。遅くとも明日じゅうに全部家から運び出したいの。わかったよ、デボラ、とあたしは言った。でも、どこに置くつもり？　立派なコレクションをひと晩どこかの古い壁際に寄せとくわけにもいかないよね？　いい、セリア、と彼女は言った。あなたは長年、エドワードのおかげでちょっとした財産を築いてきたでしょう。エドワードによると、そちらには充分なスペースがあるということだから、店の奥に保管しておくのはどう？
あんたが自分の家の奥に保管しなさいよ、と思ったけど、言わなかった。テディが気の毒だったから。次の日の午後四時、あたしたちは女王の命令で〈メイプルズ〉、じゃなくて〈シルバービュー〉に集合した。バーナードは茶箱と木屑（きくず）、あたしは緩衝材と薄紙を持って。テディはすっかり血の気を失って玄関先で待ってた。奥方は婦人の間（ブドワール）でクラシック音楽をガンガン鳴らしてた」

　セリアはそこで休んだが、またすぐに話しだした。

「そう、彼女が病気なのはわかってる。そのことは気の毒。あの人たちの結婚が史上最高だとは言わない。実際にちがうから。でも、最悪の敵にもああいうことは起きてほしくないね。家じゅうがそんなにおいだった。なんのにおいか説明はできないけど、わかるものはわかる」

　ジュリアンにもその感覚は理解できた。セリアはジンをひと口飲んで心をなだめた。

「だからテディに小声で言った。いったいこれはなんなの、テディ？　なんでもないんだ、セリア、と彼は答えた。デボラの悲しい病気のことを考えてもう蒐集（しゅうしゅう）はやめにした、それだけのことだ、だって。とにかく、あたしとバーナードが全部店に運びこんだときには真夜中をすぎてた。防犯をどうするかってことが頭から離れなかったよ。町はずれをルーマニア人やブルガリア人がやたらうろついてるだろ？　バーナードが床に毛布を敷いて寝ることにした。あたしはそこのヴィクトリア朝の長椅子に横になった。次の日の真っ昼間、テディが電話をかけてきた。ふだんは電話が好きじゃないのにね。ディーラーが直接、輸送の手筈を整えてくれる、セリア。デボラが近々プライベートセールをする予定だ、当然そうする権利はある。だからそちらでかかった撤去と保管の費用について知らせてほしい。テディ、とあたしは言った。お金の問題じゃないよ、本当に。そんなことはいいから、何が起きてるのか教えて。セリア、と彼は言った。もう教えたじゃないか、私たちはコレクションを手放すことにした、それだけだ」

セリアの話は終わったのか？　終わったようだ。ジュリアンが口を開くのを待っている。

「それで、バーナードはなんと？」ジュリアンは訊いた。

「彼女は医者にかかる金が必要なんだろうって。そんな馬鹿な、とあたしは言った。父親の金もあるし、民間の保険にも入ってるだろうし、ほかにも特殊法人から何をもらってるやら。おまけにあのグランド・コレクションを売り払えば、ハーレー・ストリート（世界的名医や医療関係者が開業している高級住宅地）の半分を買ったってお釣りがくるさ」セリアは最後のシガリロをもみ消しながら、軽蔑もあらわに言い返した。「どう思う、賢いミスター・ジュリアン？　もしあんたが噂どおり聡明な若い大物だったら、ひょっとして何か情報が入るんじゃない？　テディはあんたの亡きお父さんの学友だというし、奥方の不幸な病気のせいにして元親友のセリアには何も話そうとしない。あたしも遠慮深いから、こんな時期に彼を煩わせたくないんだよ」――突然顔が赤らんで声が大きくなったことから、いまや憤慨しているのがわかる――「あんた、テディ本人からでも、たくさんいるシティの友だちや讃美者からでも、中国の一級の染付のユニークなコレクションが処分されたことについて何か聞くだろ。たとえば、どこかでそれを読んだ中国の億万長者が飛びついたとか。シティのシンジケートのひとつが買ったとか。言っとくけど」――ますます声が大きくなる――「あたしはこの販売で一ファージングももらってない。だから、耳をよく働かせてもらえると、とてもありがたいね、お若いミスター・ジュリアン。感謝の気持ちはビジネス流に示すことにするよ、礼金という意味だけど。染付のセリア、みんな業界であたしをそう呼んでた。もう呼ばなくなる。だろ？　二度と。ちっ！　サイモンだ。あたしの金を買いに来たんだよ」

スイスのカウベルが耳障りな音を立てて、サイモンの到来を告げた。セリアは思いがけない敏捷さで立ち上がり、キモノのおはしょりを腰に引き上げて、ヘナ染めの髪の日本の櫛をまっすぐにした。

「裏口から出てくれる、ダーリン？　風味が混じるのは好きじゃないから」彼女は言い、接客に乗り出した。

5

父親はホワイトホール（政府機関や中央省庁が立ち並ぶ通り。イギリス政府の暗喩）の迷宮に閉じこもって、秘密の宇宙の国家指導者たちと話し合っている、というエレンの作り上げたイメージを子供たちが信じているにせよ、いないにせよ、当の父親はゆっくり走る日曜の普通客車に乗っていた。列車は金属がぶつかりこすれる音を盛大に立てながら、イースト・アングリアのとある田舎（いなか）駅の上りホームに到着するところだった。あまり注意を払わない人の眼には、彼は今日というより昨日の男のように見えた。おそらくはそれが狙いだ。最新ではないビジネススーツ、黒い靴、青いシャツ、あいまいな柄のネクタイ。町のお偉方のようでもあった――町会議員で、日曜の超過勤務手当を喜んでいる。

――そして車内のほかの客たちと同じく、携帯電話のメッセージを読んでいる。すべて平文（アン・クレール）で

ハイ、パパ！　ママがいないときにボルボ借りていい？　ジャック

ママが、シリアの国境には近づかないでって言ってる!!!　ママに教えてあげて、パパ!!!

愛してる　ケイティ☺

助手のアントニアからも、昨夜十一時三十分に――グローバル・リサーチより連絡。独立して行動したセグメントの記録はないとのこと。A

さらに副部長から――スチュアート、とにかく波風を立てるなよ。B

ボンネットに白い印のついた王立空軍のトラックが駅コンコースの遠い端に駐まっていた。運転席で退屈していた伍長が、プロクターが近づくのに気づいた。

「名前は？」

「ピアソンだ」

伍長は名簿を確かめた。

「誰と会う？」

「トッドと」

伍長が窓から腕を伸ばし、プロクターはよれよれのカードが入ったプラスチックのフォルダーを渡した。伍長は首を振り、カードをフォルダーから取り出して、ダッシュボードのなかに突っ

こんだあと、しばらく待って、それを返した。

「いつ戻ってくるかわかる？」

「いや」

　プロクターは助手席に坐って、平原がうしろに飛びすぎるのを見つめた。〈サフォーク犬（ドッグ）・日（デイ）〉が近づいている。道路沿いに並んだポスターがそう告げているが、日付はわからなかった。三十分後、轍（わだち）ができて中央に雑草が生えたコンクリートの道を、ステンシルの矢印が指し示していた。前方に、もったいぶったアーチ形の門が現われ、かつての偉大なハリウッドの撮影所の入口のようだった。支柱でその上に掲げられた看板のなかで、何度も塗り直されたスピットファイア戦闘機が永遠に飛んでいた。プロクターは外に出た。戦闘神経症の哨兵たちが、布でくるんだ赤ん坊のように自動小銃を抱えている。その頭上には、昼下がりの陽光のなかでイギリス、アメリカ、NATOの旗が力なく垂れていた。

「いつ戻ってくるかわかる？」

「さっきも訊かれた。わからない」

　土嚢（どのう）が積まれた検問所内はなぜか紙テープで飾られていて、クリップボードを持った女性の空軍軍曹が名簿で彼の項目を確認した。

「一回だけの訪問ですね。民間請負業者、イギリス人のみのアクセス、カテゴリー3」彼女は言った。「このとおりですか、ミスター・ピアソン？」

そのとおり。

「おわかりですね、ミスター・ピアソン、ここではつねに基地の正式な人員と行動してもらわなければなりません」軍曹は訓練で教わったとおり彼の眼を見て警告した。

チラチラ光る刈られたばかりの芝生の海のなかを、葬列並みにのろのろ進むジープの後部座席で——前部座席には同じ軍曹が坐り、別の伍長が運転している——プロクターは今回の繊細な任務を除くあらゆることを考えている。プレパラトリー・スクール（パブリック・スクール入学をめざす私立小学校）のクリケットの試合と、テントの下で出された甘いお茶とパンのこと。エプロン姿でキッチンに立ち、朝食を欲しがる家族を待っているエレンのこと。一週間以内に、彼女は大いなる考古学の仕事のために出発する。古代ビザンチウムに対するあれほどの執心は、正確にはいつごろから始まったのだったか。答え——廊下を挟んだ夫婦の寝室の向かいの部屋で、エレンが予備のベッドの上に旅行用の服を並べはじめた日からだ。息子のジャックのことも考える。もう少し、シティで働くことより政治について気にかけてくれるといいのだが。娘のケイティと、ロイヤルブルーのラガーシャツの男のことも考える。ケイティは彼に中絶のことを話したのだろうか。いや、なぜ話す必要がある？　彼が原因ではないのだから。そこからまた哀れなリリーの、こちらを責めるような姿が頭に浮かんだ。ベビーカーをガタガタと階段からおろして、叩きつける雨のなかに出ていった姿が。

耳を聾（ろう）するジェットエンジンの咆哮（ほうこう）がプロクターを無理やり現実に引き戻した。続いて狩猟ラッパが鳴り、テキサス訛りの女性の声がスピーカーでやさしく名前を読み上げた。特技官エンリコ・ゴンザレスが宝くじに当選。録音の喝采。ジープは迷彩柄の格納庫と黒い爆撃機が並ぶ空軍版ディズニーランドをよけるように進み、草の丘を下って、青い旗を立てた緑の小屋が円形に並んでいるところへ向かった。旗には丸い紋章がついていて、敷地のまわりには鉄条網が張りめぐらされている。軍曹がクリップボードを手に彼を先導し、儀仗兵さながら整列したチューリップのまえを通って、ベランダつきの建物に入った。アカスギの床はピカピカに磨かれ、足を置くときに靴の裏が映るほどだった。薄いドアの銘板には〝UK連絡将校　ノックして入室〟とある。

プロクターと同年代か年上の手足の長い男が、机についてファイルを読んでいた。

「ミスター・ピアソンをお連れしました、ミスター・トッド」軍曹が告げたが、トッドは顔を上げるまえに書類に署名しなければならなかった。

「ハロー、ミスター・ピアソン」彼は言って立ち上がり、プロクターと気のない握手をした。「以前に会ったことはありませんな？　日曜に来ていただくとは恐縮です。あなたの週末を台なしにしていなければいいが。ありがとう、軍曹」

ドアが閉まり、軍曹の軽い足音が廊下を遠ざかっていった。トッドは窓辺に立ち、彼女が無事チューリップの向こうに行くまで待っていた。

「いったいどういうつもりだ。説明してもらえるか、スチュアート？」彼は言った。「わが基地へ密航者のようにもぐりこんでくるとは。私はここの住人だぞ、まったく」

わかります、というようなうなずきしか返ってこなかったので——

「もしそこの電話が鳴って、滑走路の向こうにいる友人のハンクから〝やあ、トッド、そこにプロクターが来てるそうじゃないか。食堂に連れてきていっしょに一杯やらないか？〟と言われたら、どう説明しろと？　え、どう言えばいい？」

「私もあなたと同じくらい残念なんです、トッド。本部は、日曜だからみんなゴルフをしていることをあてにしたのでは」

「だとしてもだ！　ここにはCIA(エージェンシー)の連中がいて、一日じゅうどこを歩いてるかわかったもんじゃない。まあ、一日じゅうではないにしろ、かなりの時間だ。きみは〝ドクター〟・プロクターだぞ、こら。国内保安のトップ。魔女狩りのチーフ。誰もが知ってる。もし連中の誰かがきみに気づいたら？　これほど怪しいにおいを発するものはない。いつまでも消えないそのにおいは全部私の責任になるんだ。坐って、くそコーヒーでも飲みたまえ。いやはやまったく」

　そして机のスピーカーに、「コーヒーふたつ、急いで頼むよ、ベン」と言ってから、トッドは苦悩して指先で額を押さえながら椅子にどさっと腰をおろした。

　部(サービス)がまだ温情にもとづく配属をおこなっているとしたら——もうそれはないとプロクターは思っているが——トッドほど温情にふさわしい人間はなかなかいない。部(サービス)が忠誠心に報いるとしたら、最悪の紛争地帯(ホット・スポット)で不動の忠誠心を示して働きつづけ、殊勲のメダルをふたつ得て妻をふたり捨てた、致命的に気(き)っ風(ぷ)のいいトッドは、プロクターに言わせれば完全に報いられるべきだった。

「ご家族は元気ですか、トッド？」プロクターは愛想よく訊いた。「皆さんそこそこ元気で愉(たの)しく暮らしている？」

「みな元気だよ、スチュアート、文句なしに。ありがとう」トッドはすぐに気を取り直して答えた。「本部は私にもう一年くれた。それで退官になる。きみも聞いているかもしれないが。居間にサンルームを増築した。万一家を売らなければならなくなったら、それで多少価値は上がるかな。まだ考慮中だ。状況がはっきりしないので」

「ジャニスとの関係はどうです？」

「連絡はとってるよ、スチュアート。気遣いどうも。仲のいい友だちでもある、そう。きみもたぶん知ってるだろう、私は彼女をとても愛している。彼女のほうも、帰ってこようかと考えている。それが正しいのかどうかはわからんが、まあ、やってみてもいい。エレンも元気かね？」

「すこぶる元気です、おかげさまで。イスタンブールに旅立ったところです。すぐに便りをよこすでしょう。お子さんたちは？」

「もう大人だな。だろう？　ふたりの部屋はそのままにしてある。ドミニク、あれはちょっとふらふらしてる。引っ越しの多い生活もよくなかった。部(サービス)の職員の子供でも、移動が肌に合う子と、そうでない子がいる。もう依存症ではないと本人は言ってるが、治療で入った施設の人の説明はちがう。いまは料理に夢中だ。昔からシェフになりたかったらしい。私には初耳だが、まあいいさ。向いているのかもしれないし。続けられる根性があればね」

「あの魅力的な娘さんは？　あなたがクリスマス・パーティに連れてきた？」

「リズはまったく心配ないよ、ありがたいことに。パートナーの画家というのが、モダンアートの世界で大評判になってるらしい。きみはそういうのには興味がないかもしれんが。私はある。だが、商業的に成功しているかどうかは別問題だ。別れた妻たちがごっそり持っていったあとの蓄えから、あの子にはこっそり少しずつ渡している。こっちが素寒貧（すかんぴん）になるまえに、画家氏が一発当ててくれることを祈るよ」トッドはその可能性を考えて悲しげに微笑んだ。

「そうですね」プロクターが心から同意したところで、ようやくコーヒーが出てきた。

★

何もない三キロの滑走路をおんぼろチェロキーで疾走しながら――速度計がきちんと動いていれば、時速百三十キロくらいだろう――トッドは、砂漠で非正規兵として活躍した昔のように、いっときの栄光に包まれた。

「つまり、純粋単純に技術的なミスのためにここに来た」騒音に負けない声で叫んだ。「そういうことか？」

「そうです」プロクターは叫び返した。

「人為的なミスではなく、技術的なミス。そうだな？　ガタのきたこの車（レディ）みたいに」

「まさに」

「本部によると、小さな異変があった。金曜の午後四時に」

「ええ、異変でした。誰かを指し示しているのではなく、たんに技術的な」プロクターは認めた。

「昨晩九時、不調があった。どっちのほうが悪いんだ？　異変と不調では」

「わかりません。私ではなく彼らの用語なので」

「そして今朝、五つ星級の違反行為が発生した。たったの十時間で異変が違反行為になったのに、どうしてそれを技術的なミスと言える？　ふつうに考えれば、違反行為は人間がするものだろう、え？」

ハンドブレーキの助けを借りて、ありがたいことに車は停まった。トッドはキーをまわし、エンジンが切れるのを待った。緊張をはらんだ沈黙のなかで、ふたりの男は並んで坐っていた。

「だから、くそ――失礼――違反行為がどうして技術的なミスになりうるのか訊いているのだ、スチュアート」トッドがまた抗議した。「違反行為は人為的だろう。くそ光ファイバーでもトンネルでもなく。人の問題だ。ちがうかね？」

しかしプロクターはあまり切々と訴えられたくなかった。

「トッド、私が受けた命令は、早急に配管を調べて、不具合があったら報告せよということだけなんです」

「きみはくそ技術者ですらない、スチュアート、ぜんぜんちがう」トッドはプロクターと舗装路におりながら不平を鳴らした。「きみはブラッドハウンド犬だ。何度言えばいいんだ」

　地上の会議室は長さ十数メートル、窓のない鉄道客車で、突き当たりの壁はほぼ全体がテレビ画面だった。偽の窓には青空が描かれ、造花が飾られている。合板の会議机の中央にコンピュータの列、机の両側には学校の椅子が端から端まで並んでいる。

「あなたの共同チームが根(こん)を詰めて働いていたのはここですか、トッド」プロクターは訊いた。

「いまも働いているよ、ありがたいことに。そうたびたびではないが、必要が生じたときに。日が照っているあいだは地上で働き、警報が鳴れば二倍の賃金で〈鷹の聖域(ホーク・サンクチュアリー)〉におりる」

「〈ホーク・サンクチュアリー〉?」

「地下百メートルにあるわれわれ専用の地獄の穴、核シェルターだ。昔その入口には〝ここでは考えられないことが考えられている〟という掲示があったんだが、誰かが盗んでいった。さしておもしろくもないが、戦争抑止作戦中は、笑えるときには笑わないとな。ぐるりと見てまわるかね?」

「ぜひ」

　トッドのツアーは、だんだん減っていく大物の訪問者向きにまとめられた歴史案内だった。プロクターの予想では、あと数年のうちに〈ナショナル・トラスト〉か〈イングリッシュ・ヘリテージ〉の勉強家の女性が、大幅に編集した同じ講義で観光客を啓蒙する。

　ここの施設は冷戦時代にできた、とトッドは語りはじめた。そう聞いてもプロクターは驚かないだろうというふうに。設計の目標はただひとつ、核を保管し、核を供給し、必要があれば核攻撃を受けながらも指揮系統を維持することだ。

「だからこそこれだけの貯蔵室と、地下の冥府(めいふ)にはものすごいトンネルの迷路がある。この地域の基地はすべてトンネルでつながっているのだ。戦闘機司令部から、爆撃機司令部、戦術司令部、戦略司令部、神に至るまで。すべてはきみや私ですら知らない巨大機密だ。ここのジョークだが、アメリカ人がイースト・アングリア全域をくり抜いて、われわれにはパンの耳を残した。最初はトンネルに敷かれた管路に同軸ケーブルが入り、それが時代遅れになると光ファイバーに替わって、いまに至る。ファイバーは死がわれわれを分かつまで、いや、そのあともずっと残る。だろう?」

「ええ」プロクターは同意した。

「そしてそのトンネルの光ファイバーによって、完全に閉じた回線網ができている。封鎖されていて、永遠にわれわれしか使えないネットワークだ。外の広い世界とはつながっていない。誰もそれを使って格安の白物家電は買わないし、苦悩するスペイン人収監者の訴えに応じたりもしない。卑猥(ひわい)画像を見る愚か者もいない。子供じみた大人が幼稚なことを書きこんだり、オランダのアナーキストのハッキングにやられるのではと尋ねたりもしない。物理的に不可能なのだ。だったら本部はどこからくそ違反行為を受けたんだね? 人によるものでないとしたら――」

トッドは学校の椅子に坐り、その背にもたれて、斜に構えた態度で返事を待った。が、プロクターは同情するように微笑むだけだった。彼自身もこの見え透いた口実がどこまでもつだろうと思っていたのだ。

★

「あなたのチームがどんなふうに働いていたか、少し教えてもらえませんか、トッド」プロクターは真顔で訊いた。「もちろん、いまも求められれば働くわけですが」

ふたりはまたとんでもないスピードでトッドの事務室に戻り、クラブ・サンドイッチとダイエット・コークの食事をとっていた。

「昔から同じだ、私が知るかぎり」トッドは不機嫌に答えた。

「というと？　具体的には？」

「9・11とか〈衝撃と畏怖〉(ショック・アンド・オー)（二〇〇三年イラク戦争の米軍作戦名）のことを言ってるのなら、二十四時間体制に近かった。この基地はペンタゴンのシンクタンクのイギリス部門のようになった。五つ星の大将たちがヨーヨーみたいに飛行機で往き来して。CIA(ラングレー)、NASA、国防省、ホワイトハウス――思いつくかぎりの機関から最高幹部がやってきた。われわれのチームにも国じゅうから人が集まった。チャタム・ハウス（英国王立国際問題研究所）の誰それ教授、戦略研究所のなんとか博士、オール・ソウルズ・コレッジだかどこかを卒業した利口(りこう)な連中が数名。で、あそこにこもって朝から晩まで考えられないことを考えてたわけだ。『博士の異常な愛情』的なことを。世界最終戦争(アルマゲドン)が起きたときの緊急対応策を。平時から戦争時への一線をどこに引くか。誰にいつ核攻撃をするか。すべて私の職責を超えた話だ、ありがたや。彼らの職責も超えていたかもしれない」

「当時彼らが検討していたのは、もう少し具体的な施策でしたか？　それともたんに世界ゲームをしていただけ？」プロクターは訊いた。

「ああ、いまもここには地域別小委員会がいくつかあるよ。ソヴィエト後のロシアはそれだけでひとつ。以前は東南アジアにもひとつあった。中東はずっと続いている、ある程度」

「どの程度？」

「ブッシュ＝ブレア時代には巨大だった。その後、少しおとなしいアメリカ大統領になって、活動がずいぶん減った。スチュアート」

「ええ、トッド」

★

「これは技術的な違反行為に関することなのか、それともちがうのか？　というのも、私はここから出るどんなくそ書類にも目を通す権限を持っていないからだ。魔法の仲間には加わっていないし、加わりたいとも思わない。なんなんだこれは、本部は自分のケツを調べてるのか？」

「本部は魔法の仲間を真剣に調べているのだと思います、トッド」プロクターは、話すべきときだと判断した。

彼らは内部者に〈ホーク・サンクチュアリー〉として知られる怖ろしい場所のなかに立っていた。プロクターの耳は地下の気圧の影響でまだおかしかった。同じ合板の会議机と学校の椅子。同じ休眠中の巨大テレビ画面。同じく何も映っていないコンピュータの列。天井の安っぽい蛍光灯の照明も、偽の窓も、造花も、青い空も同じだった。遺棄された船が少しずつ沈んでいくような雰囲気。腐食と経年とオイルの悪臭。

「イギリスがこちら側、アメリカがあちら側」トッドが抑揚をつけて話す。「コンピュータはデイジー・チェーン（複数の機器を数珠つなぎでひとつの輪にする接続方法）で互いにつながっている。チェーンはここで完結している」

「外部との連絡はいっさいない？」

「イースト・アングリアじゅうに基地が点在していたころには、あった。それがひとつずつ閉鎖され、つながりが断たれた。きみがいまいる地下百メートルのここは、特殊作戦時を除いて、イギリス諸島にただひとつ残った現役の米英戦略基地だ。アルカイダでも、中国でも、ほかの誰でもいいが、技術的な違反行為をするには、地上のあの滑走路にくそでかい穴を掘って、朝までに消えなければならない」

「もし警報が明日鳴って――たとえば、以前のソヴィエト連邦小委員会に関連することで――ただちに作戦会議が必要になったら」プロクターは不誠実にならない範囲で、目標にいちばん遠いところから提案した。「プレーヤーをこの基地に集め、すばやくここにおろして、跳ね橋を引き上げる。そこでもしチャタム・ハウスの誰それ教授が列車に乗り遅れたら――」

「不運だが、認めがたい」

「活動がいくらか盛んだとあなたが言う中東小委員会にも、同じことが当てはまる」

「デボラを除いて。特殊な事情があるので」

「デボラとは？」

「デビー・エイヴォン。わかるだろう、部（サービス）のスター中東分析官だ――だったと言うべきか。きみもデビーは知っている。一度きみに会いに行ったと本人から聞いたぞ。解決したい個人的な警備上の問題があるときに、きみは頼りになる男かと彼女に訊かれたから、もちろん頼りになると答えておいた」

「だったというのは、トッド？」

「死にそうなのだ。本部から聞いてない？　なんてことだ。それこそ〝技術的なミス〟じゃないか。けしからん」

「原因は？」

「癌（ビッグC）だよ。長年患（わずら）ってる。寛解（かんかい）しかけて、またぶり返し、いまは末期だ。私に電話をかけてきて、さようなら、ときどき嫌な女になってごめんなさいと言った。だから私は、ときどきどころか、いつもだったと答えた。答えながら泣きじゃくっていた。彼女は最後までデボラでいようとしていた。彼らがきみに話していないとは、本当に信じられん」

人事課の誰かが気を引き締めるべきときだと合意する間ができた。

「そして彼女は、今後リンクを切ってくれと私に言った。もう必要ないからと。くそっ」

「それはいつでした、トッド？」

「一週間前だ。そのあとまた電話をかけてきて、私がちゃんとやったか確認した。いかにも彼女らしい」

「彼女はなんらかの例外だとおっしゃいましたね。いまたしか〝デボラを除いて〟と」

「言ったかな？　まあいい。ちょっとした幸運で、デビーはここから道を八キロほど行ったところに、宮殿みたいな家を持っている。彼女の父親が部(サービス)にいたときに所有していた家だ。いまはなくなったサクスマンダム近郊の基地と、データネットワークで直接つながっていた。中東がまさに大問題になっていた時期だ。そのころデビーは体調をくずして化学治療を受けていたが、そこはデボラ、期待を裏切りたくなかった。部(サービス)のほうもトップの分析官を失いたくなかった。調べて彼女をチームに加える手間はほとんどかからなかった」

トッドはそこで怖ろしい考えを抱いた。

「だがまさか、スチュアート、それが技術的な違反行為だとは言わないでくれよ！　デビーは完全に鎖の末端だ——だった。彼女のまわりには、何キロにもわたって何もなかったんだぞ」

それに対してプロクターは、どうぞあわてず、トッド、われわれはみな、本部が妙な考えに取り憑(つ)かれたらどうなるかよくわかっているでしょう、と答えた。

★

トッドの事務室に戻って、軍曹のジープが到着するのを待ちながら、会話はまた気の毒なデボラ・エイヴォンのことになる。

「彼女の家に行ったことはない」トッドは後悔に沈んだ声で言った。「もう手遅れだ。呼ばれれば飛んでいったんだが。部（サービス）の仕事と、彼女個人の生活は別物だ。どこかに夫がいると聞いた、彼女本人からではないが。あちこち放浪しているようだと誰かが言っていた。ものを教えたり、援助活動をしたり。外国が多い。子供がいるとは聞いてない。一度、いま誰と暮らしているのかと彼女に訊いたことがある。答えは、よけいなことは訊くなというのに近かった。ところで、見つかったかね？」

「違反行為ですか？　いや、なさそうです。どうやら空騒（から）ぎだったようで。本部は何を考えていたんだか。数日中に連絡がなければ、何もなかったと思ってください。あと、息子さんをしっかり支えてください、トッド」ジープが外に着いたのを見て、プロクターはつけ加えた。「この国には腕のいい料理人がひとりでも多く必要なので」

★

使いこまれた客車二輛（りょう）のあいだのガタガタうるさい場所で、プロクターは副部長にショートメッセージを送る。

記録にないリンクを確認。リンクは監視対象自身の要望で一週間前に切断。

またしても本部の見落とし、と書き加えようかとも思うが、いつものように自分を抑える。

6

W・G・ゼーバルト著『土星の環（わ）』のペーパーバックが特別配送で十二冊届く。ジュリアンは一冊を自分用にして、毎晩寝るまえに数十ページずつ、世界文学の偉人たちを検索しながら読んでいく。

仕事でロンドンに行き、自分のアパートメントを確認して、できるだけ早く売りたいと不動産業者に念を押す。しかし彼らは、いま不動産価格が急騰（きゆうとう）しているから、あと数ヵ月待って売却すれば追加で五万ポンドになりますよと勧める。

昔のよしみで、まもなく裕福なトレーダーと結婚する元ガールフレンドを訪ねる。裕福なトレーダーは不在で、ジュリアンと彼女の時間は思っていたほど昔になっていないことが判明する。彼は名誉を保ったのか保っていないのかよくわからない状態で、きわどく難を逃（のが）れる。

近隣のオールバラの町に日帰りの巡礼に出かけ、全国的に有名な独立系書店の経営者たちの末席について、芸術祭やブッククラブの話をし、勉学に励むことを誓う。その場を去るときには、ゼーバルトのような本を何冊読もうと自分は及第点には達しないと確信している。とはいえ、春が希望に満ちた初夏に移り変わると、気持ちは浮きたつ。店には本物の客が入ってきて、驚いたことに本まで買っていく。だがそのなかにエドワード・エイヴォンはいない。日を追うごとに〈文学の共和国〉は遠い夢になっていく。

デボラが亡くなったのかもしれない。それが耳に入ってこないだけでは？　地元紙はそう思っていないようだ。地元のラジオ局も然り。セリアとバーナードは休暇でスペインのランサローテに行っている。

「テディはもう来ない、マイ・ディア」朝のランニングがてらカフェに寄った際に、アドリアナが請け合う。「たぶん、奥さんが彼、エドヴァルトに話す、あなたいい子だから家にいてって」

キリルはどうしてます？

「キリルはもう国民保健サービスで働かない、マイ・ディア。キリルは民間」

ベラがいなくなったので、代わりの店員を見つけなければならない。求人広告をひとつ出すや、あまり感心しない志願者がどっと押し寄せる。ジュリアンは一日にふたりずつ面接をする。

そして閉店時間になると、散歩をする。朝のジョギングは体のため、夜の散歩は心のために。店を購入して以来、いつか早いうちにブーツをはいて、みずから生活拠点に選んだ町の通りを闊歩しようと自分に約束していた。といっても、ノルマン様式の煉瓦と石英の教会がある、夏の観光客に愛される通りだけではない。その教会が千年にわたって誠実な町の人々の望楼となり、海に出ていく勇敢な船乗りたちの標識となってきたことについては、新版が入るのを果てしなく待つあいだ五ポンド九十六ペンスに値下げされた去年のガイドブックを参照されたい。パステルカラーに塗られたヴィクトリア様式のホテルや、古風な下宿屋、エドワード様式の住宅が立ち並ぶ海岸沿いの通りだけでもない。ジュリアンが歩きたいのは、本物の通り、労働者のテラスハウスが並ぶ通り、並木の丘の頂上から小石の浜辺まで罫線のように走る、幅三メートルの漁師たちの路地だ。

店の改装が終わったいま――ただ地下室の配架は完成の日まで取ってある――ジュリアンは新たな人生の境界を広げ、古い人生を捨て去りたい男のうずくほど鬱積した熱意で、思いきり町の景色のなかへ出ていく。エアコンの効いた部屋のランニングマシン、日焼けランプ、サウナよ、さらば。危険で社会的に無意味な取引の大成功を祝う酔っ払いのどんちゃん騒ぎと、それにかならずともなう一夜かぎりの関係ももうない。ロンドンの男は死んだ。ようこそ、使命を帯びた小さな町の独身の書店主よ。

そう、たしかに、見知らぬ美しい人とたまたま眼が合ったときなど、ひたすら恥ずかしい不品行の記憶に襲われて、レースのカーテンの向こうにテレビ画面がちらつく上品な家々に悔悟の念を捧げることもある。だが、次の角を曲がったり、別の通りを横切ったりすれば、良心が安らぐ。そう、ぼくはああいうろくでもない男、いや、もっとひどい男だった。けれどもいまはましになった。金の輝きを捨てて、古い紙のにおいを取った。人生らしい人生を送っていて、これからさらに充実する。

捨て鉢で一時的に雇った二十二歳の失業中のデザイナー、マシューだけが彼の決意に水を差す。倉庫の机から眼を上げて、ブーツに防水の雨具にオイルスキンの帽子という完全装備のジュリアンを見、例によって一日じゅう本通りを打ちつけている激しい雨を見て、心からの驚きの叫びを発する。

「まさかこの天気で出ていきませんよね、ジュリアン？　死にますよ」しかし雇用主は答えず、我慢しているような笑みしか返ってこないので、「どうしてあなたがそんなに自分を罰するようなことをするのか、ジュリアン、ほんと考えたくありませんよ」

★

こうした夜の徘徊(はいかい)の折にジュリアンが気づくと、自分では認めたくないくらい何度も、町はずれの木々の茂る丘を登り、廃校の石壁沿いの小径(こみち)を水たまりをよけながら歩き、坂をおりて、〈シルバービュー〉という大きな表札を掲げた上品な鉄細工の門のまえに立っているが、それも無理からぬことだ。舗装した暗い前庭には車が三台駐(と)まっている——旧式のランドローバー、フォルクスワーゲン・ビートル、そして地元の病院の記章がついたワンボックスカー。

家の下手には、海に向かって二段の庭がある。夫婦は仲直りしたのだろうか。〈シルバービュー〉を見つめながら、そうなっていると懸命に信じこもうとした。アドリアナと彼女のキリルは愛し合っている。エドワードはいまこの瞬間も、律儀にデボラのベッドの脇で身を屈めている。ちょうどジュリアンが地獄のような介護施設で母親のベッドの脇にいたように。換気の悪い部屋に食べ物と老人の饐えたにおいが漂い、廊下では壊れかけた台車が歌うようにカタカタ鳴り、給料が低すぎる看護師たちのおしゃべりの声が響いていた。

　その家にはまた別の眺めがあった。多少の不法侵入を気にしなければ、こちらのほうがいい眺めで、ジュリアンは気にしなかった。丘を百メートルほどおりると新しい医療センターがある。その裏の駐車場を横切り、入ると死刑というヒステリックな立入禁止の表示を無視して、金網フェンスの下をくぐり、変電所の横の砂利の山を登ると、同じ家が厳めしい顔でこちらを見おろしている。一階には四つのフランス窓。そのどれにも厚いカーテンがかかっていて、わずかに両側から光がもれているだけだ。五番目の窓はキッチンだろうか。二階にも窓が並んでいるが、明かりがついているのはふたつだけ。家の両端にひとつずつ、これ以上は離れようにも離れられない。

　ある日の遠征で、その窓のひとつに白髪のエドワード・エイヴォンの寂しい影が往ったり来たりするところが一瞬見えた気がした。それとも、現われてほしいと願うことで本人を本当に呼び出したのか。なぜなら、ジュリアンが翌日の午前中、気乗り薄の町議会に芸術祭の魅力を精いっぱい宣伝したその夜、閉店数分後の店のまえをうろついて、なかに入ってもいいかと尋ねたのは、ホンブルグ帽と黄土色のレインコートのエドワード・エイヴォンその人ではないか。

「ご迷惑ではありませんか、ジュリアン？　ほんのしばらく、かまいませんか？」

「いくらでもどうぞ！」ジュリアンは大声で言って笑い、またしても相手の握手の意外な強さにたじろいだ。

ただ、エドワードをすぐさま空っぽの地下室に連れていきたい衝動は抑えこんだ。そのまえに片づけなければならないことがある。だとすれば、新しくオープンしたばかりのコーヒー・バーが感情をあまり刺激しない環境だった。

★

ガリヴァーは本好きの母親と子供たちを引き寄せるジュリアンの奥の手だ。エルフ（北欧の民間伝承に登場する種族）や赤い帽子のピクシー（イングランド南部の民間伝承に登場する妖精）がいる魔法の階段のいちばん上に、そっと置かれている。壁には、やさしいガリヴァーが子供たちに薦める本が並んでいる。掃除がしやすい一角には、子供の高さのプラスチック椅子、机、本棚がある。コーヒーカウンターのうしろの壁は、端から端まで『ガリヴァー旅行記』の絵が描かれたピンクの鏡だ。

ジュリアンは新しいマシンからダブルエスプレッソをふたつつぐ。エドワードはレインコートの横のポケットからヒップフラスクを取り出し、それぞれのカップにスコッチを垂らす。この抜け目ない男は空気に漂う緊張を感じ取ったのだろうか。すでに彼を明るい照明の下で観察する時間はあった。エドワードはまえとちがった。妻が瀕死になるとみなそうかもしれないが。外より内の世界に向いた目つきになり、顎にはしわが寄り、覚悟が強くなればなるほど、流れるような白髪はきちんとなでつけられている。とはいえ、まわりに伝染する笑みは相変わらず屈託がない。

「もしよければ、ひとつ確かめなければならないことがあります」ジュリアンは警告代わりに少し重い声で切り出す。「あなたと亡父に関することで」

「もちろん！　なんでも訊いてください、ご友人。あなたにはその権利がある」

「たしか、こうおっしゃいましたよね。父が聖職者の地位を失い、不名誉な状況になったことをイギリスの新聞で読んで、資金、慰め、ほかに必要なあらゆるものを提供するという非常に寛大な手紙を送ってくださったと」

「友人としてできる最低限のことをしたまでです」エドワードは重々しく答え、ピンクの鏡のなかでスコッチ入りのコーヒーを飲む。

「掛け値なしに立派な態度だと思います。ですが、父が亡くなった際、保管してあった手紙を全部見てみたんです。ハムスターみたいになんでも取っておく人だったので」

「それで、私が彼に宛てた手紙が見当たらなかった？」くるくると表情が変わるエドワードの顔に、正直な警戒の色が浮かぶ。

「ひとつ説明のつかない手紙がありましたが」ジュリアンは認める。「イギリスの切手が貼られて、ホワイトホールの消印がついていました。なかは手書きの手紙で――どちらかというと殴り書きに近いのですが――ベオグラードの英国大使館の便箋が使われていました。金銭とある種の支援を申し出ていて、署名はファウストと」

鏡のなかのエドワードの顔が一瞬驚き、おもしろがるような笑みに変わるが、ジュリアンはかまわず続ける。

「ぼくはそれに返事を書きました。わかりますよね？　親愛なるミスターまたはミセス・ファウスト、ありがとうございます、云々(うんぬん)。しかし残念ながら父は亡くなりました。ところが、三カ月ほどたって大使館からそれが返送されてきた。職員名簿にミスターまたはミセス・ファウストはいないし、過去にもいなかったと」話し終えたが、エドワードの顔は鏡からいっそう大きな笑みを送ってくるだけだ。

「私があなたのファウストです」彼は宣言する。「身の毛がよだつあの学校に入ったとき、いろいろもっともな理由から、学友たちに異質で陰気な人間だと思われまして。結果、ファウストという渾名(あだな)がつきました。困ったHKに手紙を書くときに旧友の渾名を使えば、懐(なつ)かしく思い出してくれるのではないかと期待したのです。だが悲しいかな、私はまちがっていたようだ」

この答えを聞いてジュリアンに押し寄せた安堵(あんど)は、想像するのもためらわれるほど大きい。エドワードにもそれがわかったようで、ふたりの笑顔が鏡のなかで出会う。

「それにしても、場所もあろうにベオグラードで何をしてらしたんです？」ジュリアンは抗議する。「ボスニア戦争のまっただなかだったでしょう」

エドワードはジュリアンが思っていたほど早く答えない。顔を曇らせ、追憶に浸っているかのように唇をつまんでいる。

「戦争で人は何をすると思いますか、わが親愛なる友人？」分別のある人ならわかるでしょうというふうに、エドワードは問いかける。「それを止めるためにできるだけのことをするのです、当然ながら」

「階下を見てみましょう」ジュリアンが提案する。

★

ふたりは肩を並べて立っていた。どちらも口を開かず、それぞれの考えに囚われていた。湿気はもう入ってこない。建築家に言わせると、この地下室はいまや大きな乾電池のようなものだった。〈文学の共和国〉がカビにやられることはない。

「すばらしい」エドワードは感に堪えて褒めたたえた。「壁を塗り替えましたね」

「白は殺風景だと思ったのです。そう思われませんか？」

「あれはエアコン？」

「通風装置です」

「新しいコンセントも？」エドワードは、すっかり夢中になっているのを隠そうともせず言った。

「部屋じゅうにつけてくれと業者に頼みました。多ければ多いほどいいと」

「このにおいは？」

「あと二日で消えるでしょう。棚の見本も入手しています。興味があったら見ていってください」

「もちろんあります。ですが、そのまえにひとつ話さなければならない。すでにご存じだが、礼儀正しくて口になさらないのでしょう。わが愛する妻デボラは不治の病に冒され、もう先が長くありません」

「知っていました、エドワード。本当にお気の毒です。もしお手伝いできることがあれば――」

「もう助けていただいています。あなたが想像できるよりずっと。名高い古典を集めようというアイデアをあなたが思いついて、その実現の準備に私を招いてくださってからというもの、この件が私の生きる支えになっているのです」

ぼくがアイデアを思いついた？

エドワードはレインコートのポケットの奥から、縦折りにして濡れないようにビニールの封筒に入れたレポート用紙の束を取り出した。

「ご覧いただけますか？」と訊いた。

新しく設置した天井ライトの下で、ジュリアンは部分的にしか理解できないものの、湧き上がる興奮とともに、著者名つきの六百ほどの書名を確認した。ひとつひとつ外国人の手で丁寧(ていねい)に書かれていて、胸を打たれた。その間エドワードは気を利かせてうしろを向き、コンセントの研究にいそしんでいた。

「私の提案は、この先に進む手がかりくらいにはなりますか？」

「手がかりどころか、エドワード、夢のようなリストですよ。本当にありがとう。いつから取りかかります？」

「もれには気づきませんでした？」

「いまのところ、まったく」

「手に入りにくいものもあります。どれほど長い時間をかけても、おそらく完成はしないでしょう。あなたが生み出したプロジェクトは、そういう性質のものです。本と本の対話であって、博物館ではありませんから」

「すばらしい」

「よかった。それと、訪問はこの時間でよろしいですか？　妻が夜早めに休んでいるあいだに？」


すぐに夜のルーティンが確立した。マシューが「じゃあまた（チアリー・バイ）」と言って自転車で通りに乗り出すが早いか、エドワードが入口からすっと店に入ってくる。到着したときの彼の気分は予測不可能だった。幾晩かは廃人のような顔で現われ、ジュリアンはあわてて彼を階上（うえ）の〈ガリヴァーズ〉まで連れていかなければならなかった。エドワードはそこの鍵つきの食器棚にスコッチのボトルをキープするようになっていたのだ。ほんの数分だけ店にいて、また出ていく夜もあれば、数時間すごしていく夜もあった。

ジュリアンの注意深い耳は、エドワードの気分が変わるにつれ、話し方も変わることに気づいた。声が朗々と響いたり、おどおどしたり、いわゆる紳士階級の容認発音になったり。別人になるようなそうした変化を見るにつけ、どこまでが演技でどこまでが本当の性格なのかと思わずにはいられなかった。どこでこうした話し方を学んだのだろう。話すときに誰をまねているのだろう。だからといって、批判はしたくなかった。自分は苦しんでいる男に援助と慰めを与えているのだ。かつて彼が父にそうしてくれたように。その代わりに——と黙らせることができないジュリアンのなかのシティの若造が口を出す——エドワードは無料の専門的な助言と教育を授けてくれる。それだけでいいではないか。

おまけに、父親に関する佳話も初めて聞くことができた。ヴェトナム戦争に反対する学校一の活動家、若きＨＫの勇気と善意と声望の話を。

「私から見て何よりすばらしかったのは、彼が決して大人にならなかったことでした」エドワードは濃いエスプレッソ・コーヒーを飲みながら語った。「ＨＫのなかにはずっと子供が生きていた。われわれはみなそうあるべきです」

「あなたのなかにも子供がいたのですか？」ジュリアン自身が適度と思うより立ち入った質問だった。「あるいは、一度〝パトリシャン〟になれば、死ぬまで〝パトリシャン〟ということですか？」

言いすぎたか？　エドワードの変わりやすい表情が憂いに沈み——しかしいつものように輝か

しい笑みになった。ジュリアンは意を強くして、さらに踏みこんだ。

「わずかながら知っている範囲では、あなたは父よりずっと大人のようです。父はオクスフォードへ行き、イエスを見つけた。あなたはどこへ？　片手間のような仕事をしていたとおっしゃいましたが」

エドワードは最初、自分のことばを投げ返されたことが気に入らないようだった。

「私の経歴が知りたい。そういうことですか？」そしてジュリアンが撤回しようとするまえに、「私はもうあなたに嘘をつくような歳ではありません、ジュリアン。私自身の父は、あまり才能はないものの非常に魅力的な美術品商でした。ウィーンから逃げ出しましたが、時すでに遅しで、これはまじめに申し上げますが、イギリスに対する感謝の念を忘れたことはありませんでした。私もです」

「エドワード、無理に話さなくても――」

「実父が亡くなると――あなたの親愛なる父上のように、早すぎる死でしたが――母は同じくらい魅力的なバイオリン奏者と親しくなりました。これが才能はあるけれど金のない男で、ふたりはパリに行き、気取った貧困生活を送りました。私を最後までイギリスで学ばせたいというのは、その父の願いで、彼はなんとか資金を捻出してその怖ろしい目的を果たしました。私に関する情報はこれで充分ですか？　それともさらに説明しなければなりませんか？」

「充分です、完全に。無理にお願いするつもりでは――」それでも何か、まったくちがったことがジュリアンの頭をよぎった。いま聴いているこの曲は、ぼく自身の口から出ているのだ。ぼくもときどき両親について夢物語を語ってきた。

だがありがたいことに、エドワードが話題を変えた。

「ひとつうかがいます、ジュリアン。あなたの友人のマシューのことですが、高く評価していますか？」

「大いに。彼は夏に劇場が開くのを待っています。そこから声がかかるのを本人は期待していますが、ぼくはそうならないことを願っています」

「何かの折には、あなたの代わりに彼をあてにしてもいいでしょうか」

「もちろん。ときどき使ってやってください。どうしてですか？」

ただの好奇心だったのだろう。エドワードは答えなかった。その代わりに、予備のコンピュータはないだろうかとジュリアンに訊いた。ジュリアンは、何台かあると答えた。それなら、〈共和国〉専用のメールアドレスをひとつ作るのはどうでしょう。稀覯本や絶版本を探す際に使いたいので。エドワードのこのふたつの要求にジュリアンは喜んで同意した。

「もちろん問題ありません、エドワード。ぼくがすべて手配します」

こうして翌日の夜には、エドワードはコンピュータを手に入れ、〈共和国〉に個別のアドレスができ、ジュリアンはこれで自分がセリアの後継者になったという愚かしい心象を抱いた。なんの後継者だ？　シティ時代から、自分を利用しようとする人々には慣れていた。逆に、自分が彼らを利用することにも。あることをすると言いながらまったく別のことをする人間は嫌というほど見てきた。セリアの話から考えると、エドワードはこのコンピュータを使ってグランド・コレクションをこっそり安売りしているのかもしれない。ともかく、何か情報が入ったら知らせるとセリアには約束したので、エドワードがいないときに地下室におりていって確かめてみようか。ジュリアンはそうする。メールは古書店や出版社への問い合わせばかりだ。稀覯本や絶版本のカタログ請求しかなく、貴重な中国の磁器に関するものは、〝送信ずみ〟や〝ゴミ箱〟を含めてもゼロ。一方で、時代を越えて偉大な男女の思想が少しずつ入荷しはじめている。

「ジュリアン、わが親愛なる友人」

「エドワード」

話題はジュリアンのロンドンのアパートメントだ。いまもときどき使っていますか？　いいえ、あなたが借りたいとか？　いやいや、親愛なる友人、そういう時代はとうに終わりました、ありがたいことに。ですが、もしかして近日中にロンドンに出かけようと思ったりしておられませんか？

予定はなかった。ただ、行く用事はいつでもある。弁護士や会計士に会うとか、始末がついていない仕事を片づけるとか。

では、ロンドンでちょっとお願いしたい雑用があるのですが、お手間でしょうか？

とんでもありません、お安いご用です、とジュリアンは請け合う。

いま言われた始末がついていない仕事のために出かける予定はもう立っていますか？　というのも、緊急とは言わないまでも少々急を要することが心に重くのしかかっていまして。

「急を要することがあなたの心にのしかかっているのなら、エドワード、明日行ってもかまいません」ジュリアンは親切に答えた。

「それと、あなたは恋愛分野の素人ではありませんね？」

「素人ではありません、エドワード、そのほうがよければ」ジュリアンは困惑して笑い、好奇心が騒ぎたつのをなんとか隠そうとした。

「長年私が妻に知られることなく、ある女性と関係を持っていると告白したら、嫌悪感がこみ上げますか？」

これはＨＫの親友の話だろうか。それとも、亡きＨＫ自身のことを話している？

「いいえ、エドワード、べつに嫌悪感はこみ上げません」――だからもっと話してくれ。

「そしてあなたにお願いしたい雑用というのが、その女性に親展の手紙を渡すことだとしたら、今度いかなる状況でも、未来永劫、口外しないでいただけると考えてよろしいですか？」

もちろんです、とジュリアンが答えることを想定して、エドワードはすでに指示を伝えはじめており、その細かさにジュリアンは息を呑んだ。

ベルサイズ・パーク地下鉄駅の向かいにある〈エブリマン・シネマ〉……手に持ったゼーバルトの『土星の環』が目印……右手に白いプラスチックの肘掛け椅子が二脚……ロビーの奥に行く

と椅子を自由に動かして坐れる……もしなんらかの理由で映画館が閉まっているときには、隣の終日営業のブラッセリーへ。その時間には誰もいないはず……窓際の席に坐って、ゼーバルトが見えるように。

「ぼくのほうはどうすれば彼女がわかるんです?」ジュリアンはどこまでも好奇心をそそられて訊いた。

「わかる必要はありません、ジュリアン。彼女がゼーバルトを見て近づいてくるので。あなたはそこで堂々と手紙を渡して外に出てください」

不条理感がジュリアンを救い出して質問させた。

「彼女をなんと呼べばいいんです? メアリーとでも?」

「メアリーで大いにけっこう」エドワードは厳かに答えた。

★

ジュリアンはその夜眠れたか? ほとんど眠れなかった。いったい何に巻きこまれてしまったのだろうと自問したか? 何度もした。エドワードに電話をかけて、やはりやめたと言おうと思ったか? 一度も思わなかった。あるいは友人に電話をかけて助言を求めようと思ったか? ベッド脇のナイトテーブルには、エドワードの厳重に封緘した封筒が置いてあり、ジュリアンは秘密を守るとあらゆる言語で厳粛な誓いを立てていた。

早朝に起きて、いちばん目立たない服を着た。ベルサイズ・パークの〈エブリマン・シネマ〉で亡父の友人の情婦とブラインドデートをしようというとき、身なりのいい男は何を着る？ エドワードの封筒をポケットに収め、ペーパーバックの『土星の環』をブリーフケースに入れ、意を決してイプスウィッチ発八時十分の通勤列車に乗った。リヴァプール・ストリートで乗り換え、ベルサイズ・パークでおり、指定された時間どおりに〈エブリマン・シネマ〉の人気(ひとけ)のないホワイエ（入口から客席までの広い通路）の白いプラスチックの椅子に坐って、ゼーバルトの本を開いた。

するとおそらくメアリーが、映画館のガラスのドアを押して入り、狙いすましたように彼のほうに向かってきた。彼女についてまず何よりも明らかなのは、気軽な情事の相手などではなく、品位と強い意志を兼ね備えた印象的な年配の女性だということだった。

ジュリアンはすでに立ち上がり、彼女と向かい合っていた。左手にゼーバルトを持ち、右手は胸に上げて、麻のジャケットの内ポケットから宛名のないエドワードの封筒を取り出しかけていた。だが、まだ取り出してはいない。彼女が話すまで待たなければならなかった。眼は薄い茶色で、控えめなシャドウが入っている。シルクのようになめらかな黄褐色の肌。年齢は不明——四十五歳から六十五歳のどこであってもおかしくない。化粧はしていないかと思うほどで、スーツはビジネスふうだが、完全に型にはまっているわけではない。とてもエレガントな長いスカートには、実用的な深いポケットがついている。シティの重役会議から出てきたとしても驚きではなかった。ジュリアンは彼女が話すのを待っているが、いっこうに話さない。

「たぶんあなた宛ての手紙をことづかっています」彼は言う。

彼女はそのことについて考える。ジュリアンをじっと見る。臆さず眼と眼を合わせる。

「ゼーバルトに興味があって、エドワードに言われてきたのなら、わたし宛ての手紙を持っているでしょうね」彼女は同意する。

微笑んでいる？　だとしたら、こちらに合わせて微笑んでいるのか、それともあちらから笑みを向けているのか。フランス訛りがあるかもしれない。手を差し出している。左手の薬指にサファイアの指輪、マニキュアはなし。

「いますぐ読むべき？」

「エドワードはとくに何も言っていませんでした。安全のために読むべきかもしれない」

「安全のために？」——認めようかどうしようかというふうに。

「なんなら隣の店でコーヒーを飲んでもかまいませんよ。ここに立っているより」——できるだけ会話を引き延ばしたい。

ブラッセリーには客がいない。エドワードの予言どおりだ。ジュリアンは四人がけのブース席を選ぶ。彼女は冷たい水を注文する。もしあれば〈バドワ〉のミネラルウォーターを。ジュリアンは大きなボトルを頼み、グラスふたつに氷とレモンをつけてもらう。彼女はテーブルに置いてあったナイフを差し入れて封筒を開ける。ありきたりの白いＡ４の紙。両面にエドワードの手書きの文字で、一瞥すると、五ページある。

彼女は手紙を体の横に持っていき、ジュリアンから見えないようにしている。右腕の袖がめくれていて、黄褐色の肌に彫りこんだような長く白い傷痕が見える。自分でつけたのか？　この女性にかぎってありえない。

彼女は手紙を重ねてたたみ、封筒に戻す。グッチのハンドバッグのふたつのGの留め金をはずし、手紙をなかに入れて、また閉じる。働く女性の手だからこそ美しい。

「馬鹿ね、わたし」彼女は言う。「便箋を持ってきてない」

ジュリアンはウェイトレスに訊いてみる。やはり便箋はない。数軒先にコンビニエンス・ストアがあったのを思い出す。ここで待っていてもらえますか？　どうしてわざわざ訊いたのだろう。彼女はほかに何ができるというのだ。

「封筒もお願いします」彼女は言う。

「わかりました」

ジュリアンは全力で店まで走ったが、会計で並ばなければならなかった。ブラッセリーに戻ると、彼女はまえとまったく同じ場所に坐っていて、ミネラルウォーターを飲みながらドアを見つめている。〈バジルドン・ボンド〉の青い便箋一冊と、それに合わせた青い封筒一パック。どうぞ。

「セロハンテープも買ってきたのね。封をするために？」

「そう考えました」

「あなたを信じるべきではないということ？」

「エドワードは信じなかった」

彼女は微笑もうとするが、手で隠しながら書くのに忙しい。ジュリアンはいかにも見ていないというふりをする。

「あなたの名前は？」

「ジュリアン」

「彼もその名前であなたを知っているの、ジュリアンと？」——うつむいて書きながら。

「ええ」

「彼がこれを受け取るのはいつ？」

「明日の夜です。ぼくの書店に来たときに」

「あなたは書店の経営者？」

「ええ」

「彼の心のなかはどう？」——まだ書きながら。

奥さんが亡くなりかけているエドワードの精神状態は、という意味だろうか。奥さんの状況を知っているのか？　それとも、まったく別の意味で言ったのか？

「あれこれ考えると、がんばっているほうだと思います」あれこれとは？

「彼とふたりきりで話すのはいつ？」

「明日です」

「あなたは不愉快に思っていない？」

「なぜです？　ぜんぜん。不愉快なわけがありません」

セロハンテープのことを言っているのだと気づく。力強い手がテープの長さを測って、封筒に貼る。

「彼と話すときには、あなたが見たままを伝えてください。わたしは健康で、落ち着いていて、心穏やかだと。そう見えるでしょう？」

「ええ」

彼女はジュリアンに封筒を渡す。

「では、どうか見たとおりを話して。彼はそれを望んでいるから」

彼女は立ち上がる。ジュリアンはドアのまえまでついていく。彼女は振り返って礼を言い、ジュリアンの上腕に手を当てて、形式的に頬と頬を触れ合わせる。むき出しの首元から体のにおいが立ち昇る。彼女が通りに出ていくと、駐車場で運転手つきのプジョーが待っている。運転手がそそくさと出てきて後部座席のドアを開けているあいだ、知恵の働くシティの若者は車のナンバーを手帳に書き留め、地下鉄でリヴァプール・ストリートに戻る。

★

ジュリアンがようやく店に入ろうとしたのは、その夜十一時だった。それまでの人生でいちばん疲れていたので、目に入ったものを理解するまでしばらくかかった——また別の封筒、これはガラスのドアに貼られて、幽霊のように宙に浮いて見える。マシューの黄色い付箋がついていた。

ご婦人からのメッセージ!!

今日はもう秘密文書を充分目にしたと思いながら、ジュリアンは封筒を開いた。

親愛なるジュリアン（と呼んでもよろしければ）

　あなたのすばらしい噂はかねがね聞いています。お父様がわたしの夫の学友だったというのは、なんて興味深い偶然でしょう。夫に本当に必要だった仕事を与えてくださったことに感謝します。ご承知のとおり、わたしはこの十年間、父のおかげでこの町のすばらしい図書館の非常任の後援者を務めています。あなたはご職業上、父がこよなく愛した図書館の委員でもあるそうですね。こうしたご縁もありますので、一度当家でのささやかな夕食においでいただけませんでしょうか。

　このところ体調が思わしくないため取り散らかしておりますが、あしからず。いつでもけっこうですが、できるだけ早いお越しをお待ちしています。

かしこ

デボラ・エイヴォン

どんな女性だった？　ジュリアンは翌朝、店が開くと同時にマシューに尋ねた。

「ダサい茶色のダッフルコートを着てましたけど、眼はとても魅力的でしたよ」

「歳は？」

「あなたぐらいかな。昨日の夜、『ドクトル・ジバゴ』を観ました？」

「いや、観なかった」

「あのララと同じようなスカーフを頭に巻いてました。本物そっくりに。すごくびっくりした」

7

「スチュアート、ダーリン！　なんて完璧にすばらしい！　本当に驚きね！　あら、いいのに」玄関で客が差し出したブルゴーニュの赤のボトル二本を受け取りながら、ジョーンが叫んだ。

プロクターは、地図からサマセットのクレマチスに覆われた瀟洒な家を想像していたが、タクシーからおりた彼をまっすぐ見つめていたのは、村の古くからの住人が怒りに髪をかきむしりそうな、ぞっとする緑のタイル張りの平屋だった。

「スチュアート、久しぶり！　本当によく来てくれた！　まだ現役で働いてるのか？　何よりだ！」ざっくばらんで愛想のいいイングランド人のフィリップが叫んだ。トネリコの杖をついていて、見映えのする黒髪に白髪はほとんど交じっていない。ジョーンの肩越しに無骨に微笑むと、足を引きずりながら妻のまえに出てきて、力強く握手した。

しかし、その笑みはぎこちなく強張り、眼は不吉な半開きだった。

「そう、見てのとおりだ」フィリップは訊かれもしないのに、プロクターの視線から察してぶっきらぼうに認めた。「ちょっと発作を起こしてな。そうだったな、ダーリン？　古き良き国民保健サービスをけなしちゃいかんぞ。彼らはいつだって一流だ」

「看護師が何人もつきっきりだった」ジョーンがすかさず割りこんだ。「あなたが生き返ったのは、何よりもあの娘さんたちがいたからでしょう。病院に入ったときには本当に死んでたんだから。ちがう、ダーリン？　認めようとしないけど」

　ふたりで笑う。

「この家もこの人を殺しちゃうんじゃないかと思ったのよ。彼が大好きだった〈ローガンベリー・コテージ〉のあとだから。急いで見つけられた平屋はここしかなかった。でも本人は大喜びでね。週に一度来てくれる物理療法の先生が美人だから。郊外生活にも適応できることがわかったわけ。もうすぐ庭に小鬼が欲しいって言いだすわ。そうよね？」

「絵に描いたやつでいい」またふたりで笑いながらフィリップが言った。

　本当にこれが二十五年前に黄金のカップルと呼ばれたふたりだろうか。脳卒中にやられて杖に頼っているフィリップと、胴まわりがゴムのスラックスをはき、大きな胸のまえに〝旧都ウィーン〟と派手に書かれたTシャツを着た不恰好なジョーンが？　しかしプロクターは、レヴァント（トルコ、シリア、レバノン、ヨルダン、イスラエルなどを含む地中海東部沿岸地方）の作戦責任者だったありえないほど美しいジョーンを憶えていた。当時夫のフィリップは、パイプを吹かしながら、ランベス宮（イングランド国教会最高位カンタベリー大主教のロンドンでの居住地）

に隣接する支局で部（サービス）の東欧ネットワークを指揮していた。部（サービス）内の夫婦のなかで最高に聡明なふたりだと、もっぱらの噂だった。フィリップがボスニア戦争勃発を機に強化されたベオグラード支局をまかされると、ジョーンはナンバーツーに指名され、地下の給与課に至るまで拍手喝采（かっさい）が響いたものだった。

居間にはピクチャーウィンドウがあり、小さな菜園とその先に中世の教会が見えた。その教会でジョーンは月に二度、フラワー・レディを務めている。三人はジョーンのブフ・ブルギニヨン（牛肉の赤ワイン煮）と、フィリップのポテト、プロクターのブルゴーニュ・ワインを味わいながら、イギリスの情勢や、アフガニスタンの厳しい状況——絶望的、損切りで撤退すべき——そして全知の雌の黒いラブラドール・レトリーバー、名前はどういうわけかチャップマンについて愉（たの）しく語らった。

小さなサンルームに移動してコーヒーとブランデーを飲みはじめたところでようやく、暗黙の了解で、彼らはスチュアートがわざわざ出向いてきた理由について話す気になった。ある年代の諜報のプロにとって、慎重な扱いを要する事柄を話題にするなら、仕切りの壁とシャンデリアがないところでするのが常道だからだ。

ジョーンは太縁のおばあさん眼鏡（めがね）をかけ、女王よろしくゆったりと籐（とう）椅子に坐っていた。頭のうしろの高い背もたれが後光のようだった。フィリップはクッションをたくさん置いたインドの彫刻入りの箪笥（たんす）の上にどっかりと坐り、両脚のあいだに杖を立てて、持ち手に両手と顎（あご）をのせていた。スリッパをはいた彼の足元にはチャップマンが寝そべっている。ジョーンに命じられて、プロクターはロッキングチェアに坐っていた——でも、あまりうしろにもたれすぎないでね。

「で、あなたはいまや過去の人になってるわけね」プロクターが電話で少し話したことを受けて、ジョーンが言った。

「まあ、そうです」プロクターは平気なふりをして快く同意した。「正直なところ、彼らに呼ばれたときには、退職を勧められるのだろうと思いました。ところが、その代わりにこの興味深い内勤の仕事を提案された」

「くそラッキーだな」フィリップがうなった。

「条件は？」ジョーンが言った。

「研修課の予備車輪になることです、基本的には」プロクターは打ち明けた。「おもな仕事は、新人研修用に衛生処理した事例をまとめること。題して『現場での要員運用』。講義資料にしたり、疑似演習に用いたりします」

「われわれが入ったときにも、そうしてくれればよかったのにな。だろう、ダーリン？」——またフィリップ。「われわれのころ、研修なんてものはなかった」

「紙くずのファイルのしかたを二週間学んだわ」ジョーンが引き継いだ。眼鏡の奥の賢い眼は相変わらずプロクターを見ていて、いまの説明を端から信じていないのがわかる。「それで、そこにわたしたちがどう絡むの？」

プロクターは喜んで先を続けた。

「当然ながら、前線で活躍した生き証人の話を可能なかぎり盛りこみたいのです。内勤者、分析官、そして生身の感覚を伝えるために欠かせないのが、かつて要員を実際に運用した部員の体験」フィリップはチャップマンの耳をなでるのに忙しかったが、ジョーンの揺るぎない視線はプロクターの顔から片時も離れなかった。

「畏れ入る表現ね」彼女はいきなり感心して大声で笑った。「生身の感覚を伝える。なんとも気が利いてるわ。たまたまいま思いついたの、スチュアート？　わたしたちだけのために？」

「もちろんちがうさ、ダーリン。馬鹿も休み休み言え。われわれは現場を離れて長い。もうみんな、ぜんぜん別のことばを遣ってるよ。〝ライン・マネジャー〟とかな。文句なく品のいい〝人事課〟の代わりに、やくざな〝ヒューマン・リソーシズ〟とか。仕事をどんどん進める代わりに、いまは〝フォーカス・グループ〟だ」

「ですので、もし賛同いただけるのなら」プロクターは怯まず続けた。「学ぶに値すると思われる事例がひとつあって、幸いおふたりがたずさわっているのです。いわば一石二鳥。そこで、おふたりとも徹底的に厳しい尋問にご協力いただけると仮定して」――軽い冗談――「自由に話すことを正式に認める事務局からの標準的な書状を持ってきました。お好きなだけ深く、広く話していただいてかまいません。本部への批判があれば、控える必要はないし」――フィリップが鼻を鳴らす――「必要な編集はこちらでします。最初にひとつ重要なことを申し上げると、本部の資料に何が書かれているかということは、どうか気にしないでください。おふたりが誰よりも知っているように、要員に関する資料は、書かれないことがあるゆえに有名なので。古い資料になると、新しいものよりもっと書かれていない。現場で起きることの大半はまったく書類まで到達しませんが、それは関係者全員にとって幸せなのでしょう。というわけで、訓練講師からの助言、というより切なる願いですが、こちらはまったく知らないという前提で話してください。部だけでなくご自身にとってどういう出来事だったかを、何も知らない人間に一からすべて話していただきたい。万が一、燃えるような欲求から本部をこきおろしたとしても、年金やその手のくだらないことを心配する必要はいっさいありません」

沈黙が長引いた。ジョーンが首からさげていた別の眼鏡をかけて本部の手紙を丁寧に読み、フィリップに渡して、今度はフィリップが同じくらい注意深くそれを読んで、むっつりと一度うなずいてからプロクターに返すあいだ、プロクターにとっては少々気まずい沈黙だった。

「つまり、彼らは偉大なるドクター・プロクターを研修課に追いやったのね」ジョーンが考えながら言った。「ふざけてる」

「あくまで一時的にです、ジョーン。もう愉しい経験は充分しました」

「あなたが生身の感覚の探求で送られたのだとすると、いま探索犬のトップは誰？　まさか陣地を無防備で放置してるなんて言わないでよ」

それに対してプロクターは、申しわけなさそうに首を振るしかなかった。いかんせん、現在の部(サービス)のくわしい戦闘序列を教える権限はないという意味だ。ジョーンは容赦なく彼を見つめつづけ、フィリップはチャップマンの耳をなでていた。

「そして、安全を期するため」プロクターはやや形式張った口調で言った。「おふたりから話をうかがいたい事例の対象者は存命で活動中ですが、われわれの利益のために、彼に連絡はとらないでください。公式に言えば、彼とのいかなる接触も別途通知があるまで厳格に禁じられます。よろしいですか？」

これにジョーンは長々とため息をついて言った。「ああ、なんてこと。かわいそうなエドワード。今度はいったい何をしたの？」

★

プロクターは、彼の言う〝ささやかな即席の専門家会議〟を開くにあたって、列車の旅の途中で気まぐれに思いついた議題をいくつかあげた。

「大まかに言って、社会的起源と人格形成上の影響、それからリクルート、研修と管理、さらに諜報技術(トレードクラフト)と成果物、最後に必要なら再定住、という順序でお願いします。フィリップ、あなたから始めていただけますか？」

だが、フィリップは始めたくなさそうだった。エドワードという名前が出てからというもの、顔をゆがめて頑(かたく)なに拒絶している。

「フロリアンのことを言っているのかな？　ワルシャワのUA。彼のことを話してほしいのか？」

　まさにフロリアンからお願いします、とプロクターはうながした。UAとは〝非公式の補佐〟あるいは〝トップ要員〟を指す部の用語だ。

「フロリアンは超一流だった。ネットワークがバラバラになったのは彼の責任ではない。いま本部の連中がどう言っていようと」

「彼の事例を取り上げる際には、もちろんそう説明するつもりです」プロクターはなだめた。

「公正かつ肯定的に。あなたの助言にしたがって」

「私がリクルートしたと思わないでくれ。彼を呼び入れたのはバーニーだ。私はまだロンドンにいた」

　恭しい沈黙。一同は、冷戦期の偉大なリクルーター、〈シェ・レズリー〉とパリ左岸全般の常連、ハーメルンの笛吹きで、要員たちのつねに篤実な父親だった故バーニーを思い出す。

「いいかね、バーニーが声をかけるまえから、フロリアンはみずから志願したようなものだった」フィリップは昂然と続けた。「バーニーにしたら造作もなかった。すでに相手はやる気満々だったのだから。目的は金でも快感でもない。フロリアンは大義の男だった。信じる大義名分を与えてやれば、電光石火の速さで飛びついた。彼の松明に火をつけたのはアニアだった。バーニーではまったくない。まあ、それでもバーニーは自分の手柄にしたがね。事実はちがう。バーニーはどんなくだらないことでも自分の手柄にする」

プロクターが助けを求めるようにジョーンを見なければ、フィリップはこの調子でしばらく話しつづけたかもしれない。

「ダーリン、いきなりそこから始めてもだめよ。スチュアートはアニアが誰かも知らないし。知らないふりをしてるだけかもしれないけど。手品で急に帽子からウサギを取り出してもだめよね、スチュアート？　社会的起源と人格形成上の影響の話をしないと」

妻にさえぎられたフィリップはしばらく不機嫌な顔になり、したがおうか無視して続けようかと迷っていた。

「ふむ、ならば彼の社会的起源についてひとつ話そう」と急にまた口を開いた。「フロリアンは誰も想像すらできないようなくそひどい幼年時代を送った。彼の父親のことは知ってるだろう？」

プロクターはもう一度やんわりと、こちらが何かを知っているという前提なしで話してくださいと念を押した。

「まあいい。父親はポーランド人だった。だろう？　そして人間のくずだった。ある種の常識はずれのカトリック教徒、筋金入りのファシストで、ナチスの政策ほどすばらしいものはないと思っていた。連中のケツにキスをして、ユダヤ人の国外追放に手を貸した。隠れていたユダヤ人を見つけ出して、書類を立派に整え、ごっそりまとめて収容所に送り出したわけだ。で」――と自分を取り戻す間を置き――「戦後、人々は彼を捕まえた。当然だな。農場にもぐりこんで田舎者のふりをしてたらしい。即刻裁判、つまらない議論なし。町の広場で絞首刑にした。これにも見物人が大勢集まった。彼の妻も天使とは言えず、正義の激しい巻き返しの時期だったから、みな彼女も探した。だが、見つからなかった。なぜか？」

「教えてください」プロクターは笑みを浮かべて言った。

「なぜなら、報いの日が来たとき、腐った夫がひそかに彼女をオーストリアへ脱出させたからだ。妻は赤ん坊といっしょに別の名前でグラーツの女子修道院に無事かくまわれた。そして七年後、息子を引き連れてパリに移り、娼婦になった。その少年がフロリアンだ。さらに二年後、イギリスの五大銀行のひとつにいた退屈男と結婚し、母子でイギリスのパスポートを取得した。死んだナチス戦犯の夫のことを黙っているポーランド人娼婦にしては、悪くないなりゆきだ」

「フロリアンがそのすべてを知ったのはいつでした？」プロクターはせっせと手帳に書き留めながら尋ねた。

「十四歳のときだ。母親が本人に話した。ポーランド人に居場所を突き止められて息子ともどもワルシャワに連れ戻されるのが死ぬほど心配だったんだな。そうはならなかった。偽の書類が完璧だったから、ポーランド人もつながりを見つけられなかった。われわれは全部調べたよ」フィリップは険しい表情で口を閉じた。

が、再装塡の時間を空けただけだった。

「知るかぎり、フロリアンがこれまでの人生で嘘をついたのはそこだけだ。あまりにもひどい父親を受け入れかねて、話をでっち上げた。女性に会うたびにまったくちがう作り話を聞かせていた。父親が勇敢な船長だったという、ゲルダに聞かせたあの長ったらしい与太話はなんだ、と本人に問い質したことがある——まあ、相手の名前はなんでもいいが。たんに彼女を口説くためか？　もちろん、フロリアンは何も認めなかった。われわれの研修を受けたあとだからな。すべてイギリスの親切な継父に関する話だっただとさ。くだらん」

そして思いついたように——

「フロリアンの心の底からの宗教嫌いがどこから来てるのか知りたければ、じつにもっともなことだが、それは激烈な反カトリック主義に始まって、体じゅうに広がっている。きみはこういうことが知りたいのか？」

★

「人格形成上の影響？」フィリップはそのことばを蔑むように舌の上で転がしてくり返した。

「まあ、そんなのは彼の記録を見りゃわかる。とはいえ、記録はないふりをしてるがな。母親から実の父親の話を聞いたその日から、フロリアンは反ファシスト、反帝国主義ボリシェヴィキになり、無理やり入学させられたパブリック・スクールの頭痛の種になった。反ヴェトナム戦争運動の首謀者で、学校の礼拝は完全拒否し、共産青年同盟の正式メンバーになり、言うまでもなくソルボンヌ大学がたちまち彼を受け入れて、そうした知識をさらに詰めこんだ。六年後、フロリアンは本人の希望で父親の故郷に戻った。ザグレブで一年、ハバナで一年、途中にウプサラで一年、そしてグダニスク大学に移り、機能不全のマルキスト独裁国家で救われていない大勢のカトリックのポーランド人を相手に、マルクス・レーニン主義の歴史解釈を講義した。中欧を知らなければ、とうてい信じがたい話だろうな。知っていれば、なんてことはない話だ」フィリップは喧嘩腰で話し終えた。

「彼が偉大なる啓示を得たのは、ポーランドに帰ってからだったわね、ダーリン？」夫がお代りをつぐまえに彼のブランデーグラスをそっと水のグラスに差し替えながら、ジョーンが言った。

「そのとおりだ、ジョーン！　確実にポーランド人がそうしてくれたのだ」フィリップはうれしそうに断言した。「グダニスクに一年いて、共産主義のメッセージは宗教の発明以来最大のでまかせだということがわかった。さらによかったのは、彼がそれをまわりの誰にも言わなかったことだ——クリスマスにパリに戻って、ベッドでアニアにささやくまで。アニアはすばらしい娘だったよな、ダーリン？　バレリーナで、ポーランドからの亡命者。見た目もゴージャスで、とんでもなく度胸があって、フロリアンをとことん崇拝していた。だろう、ダーリン、ちがうか？」

「あなたもすっかり彼女に夢中だった」ジョーンは淡々と答えた。「テディが先に手を出してくれてよかった」

「アニアは間接的にフロリアンのリクルートにかかわったと思いますか？」プロクターは手帳に

意味のないことを書き連ねながら尋ねた。

「いいかね！」

フィリップは杖の持ち手に両手をばんと打ちつけて立ち上がり、また窓辺に寄って、プロクターの代わりに講師役を引き受けた。

「きみたちが理解しなければならないのは、フロリアンは一度きりの天からの賜物だったということだ。あれほど熱心で完全無欠の経歴を持った要員は二度と現われないだろう。五つ星級のコミュニストの過去は、どこをどう切ってもすべて本物。しかもここぞという適切な場所にいて、偽装に使える地味な大学の個別指導教員という正式な身分と、望ましい証拠書類もそろっていた」

「それで、アニアは結局どういう役割を果たしたのですか？」プロクターは再度うながした。

「アニアの家族はポーランドのレジスタンス運動の中心にいた。兄のひとりはそのせいで拷問を受け、銃殺された。もうひとりは死ぬまで牢獄。兄弟が逮捕されたとき、アニアはパリにいたので、そこにそのままとどまった。バーニーはポーランドの亡命者の担当だったから、アニアのことも知っていた。フロリアンはそのまま彼の懐に入ったわけだ。一級の要員があれより簡単に手に入ることなどない」フィリップは言うと、演技を終えた俳優さながらインドの箪笥に戻った。

「彼の諜報技術についてはどうです、フィリップ？」プロクターは次の項目に移った。「講義でときどき彼の技術を取り上げることは可能ですか？　どこかであなたはフロリアンを、水に深くもぐる男と表現した。その意味がわかれば研修生は感心すると思うのですが」

長考のあと、いきなり説教が始まる。

「常識だ。何をするにせよ、ただ流されてはいけない。深くもぐる。正しく嗅ぎ取る。大衆にまぎれることができるときに、ひとりで行動しない。ワルシャワで秘密会合があるときに、教授たちの専用バスが出るなら、それに乗る。タイプライターは他人に貸す。自家用のラーダがあってもレンタカーを借りる。たまに見返りを求めてもいいが、ごり押しはいけない。誰かがポズナンに住む老齢の母親を訪ねるなら、ついでに友人にこの本を、あるいはこのチョコレートの箱詰めを届けてもらえないだろうか。フロリアンはそんな技術はみな知っていた。われわれは使い方を教えるだけでよかった。だが結局、彼のためにはならなかった。何ひとつな。ネットワークには保存可能期限がある。私は彼が入ってきたときにそう言った。いつかバラバラになるものだから心の準備をしておけと。彼は聞く耳を持たなかった。そういう類いの要員ではなかった」

★

そこでみなの合意により小休止となった。フィリップは深くうなだれ、膝の上で固く握った両手を睨みつけていた。彼より落ち着いているジョーンは髪の毛をつつきながらサンルームのガラス越しに教会を見つめていた。

「われわれはフロリアンを働かせすぎたのだ、くそっ」フィリップが苦々しく叫んだ。「要員を働かせすぎてはならない。ルールその一だ。本部にはそう言った。だが、彼らは私が柔になったと考えて、耳を貸さなかった。大げさだよ、フィリップ、状況はコントロールできている、休みでもとりたまえ。くそったれ」

興奮したのが気まずくなって、フィリップはチャップマンをなだめるように軽く叩いた。犬は驚いて顔を上げた。フィリップはいくぶん穏やかな声で話を再開した。フロリアンが現われるまで、ワルシャワ支局はてんてこ舞いだったのだという。

「国内郵便で簡単な手紙一通送るのでさえ三日間、上を下への大騒ぎだ。大使館の地元雇用の職員がみな、まわし者であることは最初からわかりきっていて、大使の飼い猫から上の全員が二十四時間尾行、監視、盗聴されていた。そこへだ、天に栄光あれ、早く働きたくてたまらないピカのトップ要員が、グダニスクからいきなり登場だ」

また同じくらい激しい興奮。

「本部にいったい何度忠告したことか。グダニスクからワルシャワまでのくそすべての秘密文書受け渡し場所をフロリアンに埋めさせ、空にさせるわけにはいかんだろう、と。こっちの記録にある下部要員や飛びこみの客全員の世話はさせられない、と私は言った。われわれのスパイとして働きたいポーランド人は列をなしていて、こっちからすればよりどりみどりだが、フロリアンを酷使しすぎるとカードハウスは崩れてしまうぞ。実際に崩れた。最高の要員ふたりが同じ日の夜に逮捕された。翌日にもうひとり。彼らは互いに知り合いではなかったが、いつ針がフロリアンに刺さってもおかしくない状況になった。われわれは綿密な救出計画を立てた。ワルシャワ郊外の使われていない車庫に、精肉店のおんぼろバンが置いてあり、ちょうど人が入れるだけの空洞がある。このために用意したものではなかったが、試運転でうまくいくことは確かめていた。私は彼に緊急メッセージを送った――フロリアン、ただちにワルシャワへ来い。返事なし。二日後に本人が現われて文句を言いだした。ポーランドは自分の国でもある、船が沈むなら自分もいっしょに沈みたい、と。いつか風船が上がることは以前から警告しておいた、と私は言った。いまそれが上がったのだから、つべこべ言わずにさっさとくそ棺(ひつぎ)に入れ。十時間後、彼はデヴォンの田舎(いなか)の邸宅にいて、すべて愚かな自分のせいだとわんわん泣いていた。だが、決してフロリアンのせいではなかったのだ。彼の技術は一級品で、的をはずしたことなど一度もなかった。問題はわれわれの暗号だった。やつらに解読されたのだ。むろん彼にとっては関係なく、全部自分の責任だと言いつづけた。そういう男なのだ。人生の責任を両肩に全部引き受けてしまうような。義理堅い男だ。きみの研修生にはこう伝えてもらえるとありがたい――本部が要員を死ぬほど働かせようとしたら、イエス、サー、ノー、サー、かしこまりました、ではなく、地獄に墜ちろと言ってやることだ」

「ジョーン」プロクターは言った。「あなたの番です」

だが、先を急ぎすぎた。ちょっとした夫婦喧嘩が生じた。プロクターのせいだ。純粋な好奇心からと思われたかもしれないが、エドワードとアニアの情事はいつ下火になったのですか、と尋ねたのだ。エドワードがイギリスに戻り、帰還後聴取（デブリーフィング）のためにデボラが登場するころには、すっかり終わっていたのですか？

　フィリップに言わせれば、答えは自明だった――ふたりの情事はすでに終わっていた。エドワードはあちこち出かけてかまってくれないし、アニアは別居生活が嫌になっていた。彼女はダンスが大好きで、世の中にはほかの男も大勢いた。それゆえ、ネットワーク崩壊について本部が通常の事後分析――フィリップの見解では税金のくそ無駄遣い――に乗り出したころには、エドワードは〝ひとり身で、青ざめてふらついていて、デボラにしろ、彼に目をつけていたほかの女性にしろ、いともたやすく籠絡（ろうらく）できた〟。

　ジョーンは激しく異を唱えた。

「勘ちがいもいいところよ、ダーリン。アニアはテディを愛していた。彼が口笛を吹けば、どこにいようと、ダンスをしていようといまいと駆けつけたわ。テディは尾羽打ち枯（おはうちか）らしてイギリスに到着した。彼は友人たちを銃殺刑の壁に送った哀れな迷えるポーランド人だったのか、それとも、デボラが言ったように、凱旋（がいせん）したイギリスのヒーローだったのか。分析官たちは、あらゆる最新設備がそろったイギリスの美しい田舎の屋敷に二週間、彼を閉じこめた。デボラは彼の額の汗をふいてやり、あなたは部（サービス）の歴史上いちばんのUAよと持ち上げつづけた。これでたやすく籠絡できた？　冗談でしょ」

「デボラは当時、部（サービス）内でいわば〝ヨーロッパの女王〟だった」プロクターは思い出させるように言った。「フロリアンはスター選手だとデボラが言えば、部(サービス)もその見解をほぼそのまま受け入れたでしょうね」

だが、ジョーンはまだデボラについて話し終えていなかった。

「彼女はまだ夢遊病状態だった彼をベッドに誘いこみ、あらゆる規則を破ったの」

ジョーンはいいところを突いていた。フィリップは咳払いをくり返して邪魔していたが。部(サービス)の倫理規定上、部員と現場の要員のあいだには越えられない一線がある。デボラとフロリアンについては、本部が例外扱いしたのだ。

とはいえフィリップは、最後にひと言言い添えなければならなかった。

「フロリアンは恋に落ちたのさ、ジョーン！　デボラは彼の女神ブリタニアだった！」――ジョーンのふんという冷笑を無視して。「フロリアンはそうなるのだ。女性にあるイメージを当てはめて、そのイメージに没頭する。デボラは骨の髄(ずい)までイギリス人で、この上なく誠実で、美人で金持ちだった。エドワードは運がくそよかったのだ」

この査定に妻が説得されたのだとしても、変節の瞬間はプロクターにはわからなかった。

★

新たな章を始めるジョーンのことばには、もっと大きな聴衆に向けたワグナー的な響きがあった。

「ボスニア！　昔よく言ったように、もうあれがくり返されないことを祈りましょう。善良な祈りがそこらじゅうにあった。六つの小国がビッグダディのチトー（ユーゴスラビア社会主義連邦共和国大統領〔一九五三〜八〇年〕）の遺言をめぐっていがみ合い、みな神のために戦い、みな勝者になりたがり、みな嫌われた。いつものことだけど、誰もが自分は正しいと言い、祖父たちが二百年前に戦って敗れた戦争でまた戦っていた」

とても信じられないようなホラーストーリーをつけ加える必要があっただろうか。体の一部切断、磔（はりつけ）、串刺し、偶発的または計画的な大量虐殺、そのおもな犠牲者は女性と子供だった。ひどい状況になるという予測はついたが、まさか三十年戦争（十七世紀にドイツ神聖ローマ帝国を中心として起きた宗教戦争）とスペイン異端審問（スペインで十五世紀から数百年にわたっておこなわれた、カトリック教徒による異端者への裁判）を合わせたようなものになるとは想像できなかった。本部が出した命令はごく単純だった。

「フィルがそれぞれ倒れかかっている無数の諜報要員と連絡をとり合う。互いに戦っている旧ユーゴスラビア六国の諜報機関のトップも含めてね。これだけでもひとりの人間には荷が重すぎるけど、フィルは国連軍司令部とNATOの代表者とも話し合い、戦況ときわめて危険な地域の状態について、主要なNGOにも説明しなければならなかった。

つまり、基本的にあなたは表の仕事をしていた、そうよね、ダーリン？　それもかなりうまく。あなたが表に立てば立つほど、小物のわたしには都合がよかった。わたしはあなたの愚かな妻、会食の席で隣の紳士と話をするだけの存在だったから」

「よけいなお荷物、完全な寄生者、そもそもベオグラードへの赴任を認められるべきではなかった」フィリップは誇らしげに同意した。「そうやってつねにみんなをだましていたのだ。私ですらだまされた！」思い出して言ったあと、「はっ！」と喜びの声をあげ、爪先でうれしそうにチャップマンをつついた。

フィリップが表の仕事をしているあいだ、隠れたナンバーツーであるジョーンの第一の仕事は、チトー時代から生き残っている支局の情報提供者をかき集めることだった。セルビア人、クロアチア人、スロベニア人、モンテネグロ人、マケドニア人、ボシュニャク人――信じられないかもしれないが、彼らの多くにはまだ金が支払われていた。そして、ワルシャワのフィリップの状況をそのまま持ってきたかのように、ジョーンにとって火急の課題は、経験豊富なトップ要員を早く現場に送りこむことだった。

だから、フロリアンの名前がもう一度議題にのぼったのも驚きではなかった。彼は以前まさにクロアチアのザグレブ大学で年若い講師だったのではなかったか？

以前彼が教えた学生や職場の同僚たちが、ことによるといまやそれぞれの国で高い地位についているのでは？

フロリアンは完璧なクロアチア語がしゃべれるのではなかったか？

それに、ポーランドと同胞スラブの流れを引く彼は、戦闘中の当事者たちにとって、どんな純血のイギリス人より受け入れられやすく、ジョーンの言う〝セクシー〟なのでは？　エドワードのなかのポーランド人に光を当て、イギリス人を暗くすれば、ふたたび彼は業務過多の支局にとって天の賜物(たまもの)になる。

とはいえ、フロリアンはやってくれるだろうか。ポーランドでの失敗で勇気が燃え尽きていないだろうか。そして何より、部(サービス)でも指折りの功労者と結婚しているかつての現場要員の再雇用を、本部は認めるだろうか。ジョーンからすれば驚いたことに、本部は認めた。誰が押して誰が引いたのかはわからないが、ジョーンにはだいたいの見当がついた。

「彼らの娘はまだ幼かった。エドワードはその子を愛していたけど、自転車やクマのぬいぐるみは得意じゃなかった。ポーランドのあとも、部(サービス)はエドワードにいくつか仕事を与えていた。使い走りとか、国外の支局に欠員ができたときの臨時雇いとか、成功すれば儲(もう)けもののリクルート業務とか。そのころデボラは何をしていたか？　あわただしく方針転換していた。キャリア重視の人だから。中東の知識を蓄えて自分の最新の専門分野にし、アングロ・アメリカ系シンクタンクで活躍していた。哀れなエドワードが家でむなしくやつれ、娘を動物園に連れていっているあいだにね」

本部の同意を得て、フィリップが接触することになった。フロリアンは休養中かもしれないが、フィリップはかつてポーランドで彼の運用にたずさわっていた。フィリップは妻に充分敬意を払いながら短く話を継いだ。

「私はロンドンに飛んで、彼と会った。ジョーンのアイデアだった。彼の家で。いや、彼女の家か。晴れた日だった。イースト・アングリアのエドワード様式の大邸宅。そこで彼はテレビのまえに坐って、戦争のニュースを見ていた。子供もいた。フロリアンという人間を知っているから、私はさほど驚かなかった。私の来訪に合わせて舞台設定をしておいたのだ。私たちはスコッチを飲んだ。調子はどうだと私が尋ねると、彼は、いつから始める？　と訊いた。本当にそれだけ。彼の腕をひねり上げたり、報酬や年金について話したり、そういうことはいっさいなかった。話はもっぱら、情報源として確保しているのは誰か、すぐに活動できそうなのは誰か、だった。ジョーンに訊いてくれ、と私は言った。これからは私ではなく、ジョーンがあんたのボスだ。私はベオグラードのスーツ組のひとりにすぎない。フロリアンはまったく動じなかった。ジョーンに好感を持っていたのだ。休養と回復（R&R）中に彼女に会って信頼していたから、問題はなかった。たまには女性に担当してもらうのもいいと、むしろ喜んでいた。まして美人なら。ほら見ろ、ジョーンが赤面している。彼がいちばん知りたがったのは、いつあそこから出て仕事らしい仕事に取りかかれるかだった。言いたいことはわかるよ、ダーリン、彼はたんにデビーから離れたかっただけ、だろう？　それはちがうぞ。彼はまた大義を手にしたのだ。フロリアンが気にするのはそれだけだ」

「その大義とは？」プロクターは、言い返そうとするジョーンを一瞬押しとどめて訊いた。

「ああ、平和だ。疑問の余地なく」フィリップは即座に答えた。「いますぐすべてを止める。ファシストを止める。ボスニアがファシストと手を組んでいるのは彼も知っていた。フロリアンの父親を甘く見てはいけない。フロリアンのコミュニストの過去もだ。これが私からのたったひとつの思慮深い助言だった。だろう、ジョーン？ きみが彼を引き継いだときだ。急進派は急進派、元コミュニストだろうと元なんだろうと、そこは変わらない。彼は同じ人間だ。結論が変わるからといって、思考方法は変わらない。結論は変わる。それが人間の性だ。研修生にもそう警告しておくといいかもしれんな、スチュアート、考えてみれば。もし彼らが元狂信者をリクルートすることになったら。つねに相手がどういう人間か忘れないことだ。なぜなら、それは彼らのどこかにひそんでいるから」

★

最初の問題は当然ながら、フロリアンの偽装をどうするかだった、とジョーンが言った。今回の活動の場は共産主義体制のポーランドではなく、分裂しかけたユーゴスラビアで、ありとあらゆるおかしな連中が国じゅうでうごめいていたので――武器商人、伝道者、密入国請負業者、麻薬密輸者、戦争観光業者、世界じゅうのジャーナリストとスパイ――ふつうの人が怪しく見えるほどだった。

現地でいちばん目立っていたのは、この世のすべての肌の色と信念がそろった各種救援組織だった。本部の判断によると、フロリアンにとってもっとも自然な生息地は、イギリスでもポーランドでもなくドイツの救援組織だった。とくにクロアチア人から共感を得やすいからだ。あるドイツの救援組織は、部(サービス)が部分的に所有していたので、エドワードを送りこむことはそうむずかしくなかった。かつて教鞭をとっていたザグレブで活動を始めればいい。

「でも、フロリアンはどこかにじっとしている人ではなかった」ジョーンは硬い表情で断言した。「もし部(サービス)が彼にマイレージサービスを提供していたら、わたしたちは破産してたでしょうね。誰にでも積極的に会いに行った。昔の学生や仲間にも、新しい親友たちにも、彼らがどこにいようと。情報が得られさえすれば誰でもよく、古いつき合いならなおよかった。たしかに魅力的なターゲットもいた。ファシストは偽装すらしていなかった。フロリアンはとくにセルビア人の受けがよかった。彼らといっしょに歌い、彼らの英雄詩に熱狂し、セルビア人の神聖な大義のためにイスラム教徒の老若男女をひとり残らず殺すという彼らの天与の使命をすべて聞き出して、それを無線で報告したり、闇に包まれたどこかの山村でわたしと会ったりした」

「ボシュニャク人――イスラム教徒たちとは？」プロクターは訊いた。

夫より落ち着いているジョーンが、このときにはためらい、悪い知らせを伝える暗い顔になった。

「まあ、イスラム教徒はつねに犠牲者になるでしょう？　それは最初から契約に書かれているようなもの。そしてエドワードはああいう人だから、犠牲者が大好きだった。舞台設定はできてたの」彼女は野菜畑のほうを向いて打ち明け、髪をつついて整えた。

「早い時期に兆候がひとつふたつありましたよね、たしか」プロクターが遠慮がちに沈黙を破った。「われわれもそうですが、要員の些細なふるまいが気になったときに、研修生が注目するとよさそうな兆候です。いくつか例をあげてもらえますか、ジョーン？」とペンを持ち上げた。

「発生してすぐに、わたしたちが然るべく本部に報告した最初の兆候――あなたがそう呼びたければ――は、セルビアに関する情報がそのままボシュニャク人に伝えられず、ロンドンとその先にいるアメリカ人の手に渡ったのを、フロリアンがひどく根に持ったことだった。フロリアンによれば、ロンドンは彼の情報を充分早くボシュニャク人に伝えておらず、そのせいでボシュニャク人は次の猛攻から身を守れないということだった。わざとそうしている、とまで言っていた。たいした度胸だけど、いずれにせよ、それは完全な言いがかりだった。ロンドンもそこは頑として譲らなかった。譲るわけにはいかないでしょう？　現場の要員が自分の情報を地元の好戦的な人たちに渡すなんて、認められるわけがない。それに、イギリスとアメリカの〝特別な関係〟はどうなる？　NATOは？　だからわたしはエドワードに、何を考えてるのと言った。善かれ悪しかれ、そういう連合にわれわれは属しているの、と。わたしが――わたしたちが――知らなかったのは、彼が丘陵地帯の誰とも同盟していない家族と、常軌を逸して親しくなっていたこと。その家族はイスラム教徒ではなかったけれど――無宗教はエドワードにとってほぼ必須だから――イスラムの伝統に深く根ざした生活をしながら、アラブのNGOで働いていた。でも、要員個人の生活のあらゆる面を管理するのは不可能でしょう？」

「当然不可能だ」自分の考えに浸っていたフィリップがそっけなく同意した。

「どうすればわかるというの？　わたしたちだろうと、誰だろうと。フロリアン自身が言おうという気にならないかぎり。わたしは本部にそう言った。フロリアンが丘陵地帯で動きまわってるのを、ベオグラード支局にいるわたしがどうしろと？」

「あれ以上できることは、くそひとつもなかったさ、ダーリン」フィリップが請け合い、彼女の手を取ってぎゅっと握った。

★

わたしは国が崩壊したあとの村しか知らない、とジョーンが話している。それは憶えておいて、とプロクターに念を押す。またしてもボスニアの瓦礫（がれき）の山ができ、そこらじゅう墓石だらけになった村だった、と。

けれどもその村は、フロリアンにとっては特別な場所だった。永住しようと決めて、機会があるたびに帰っていく場所。当時ジョーンには、そこまでしかわからなかった。その村は秘密の場所ではなく、たんにとても個人的な場所だった。何度か彼はそこについて話したことがあった――おそらく、救援組織のトラックの荷台にしゃがんで帰還後聴取（デブリーフィング）をしているときに――といっても、話したのは村そのものというより、そこにいる人たちのことだった。

正直なところ、ジョーンは村にも、ほかの誰かにもあまり注意を払わなかった。フロリアンの活動が順調かどうかに集中していたのだ。次の会合を設定し、情報を聞き出して、ベオグラードに持ち帰ることに。

フロリアンの話を聞くかぎり、そこはサラエボから車で一日かけてたどり着く、山々に囲まれたボシュニャク人のほかの村となんら変わらなかった。モスクがひとつ、教会がふたつ――カトリック教会がひとつ、正教会がひとつ――あり、教会の鐘がイスラムの祈禱時刻告知の呼びかけと重なることもあるが、誰も気にせず、そんなところがすばらしいとフロリアンは考えていた。

「宗教のせいで誰かがよりよい人間になるということを、彼は断じて認めなかったけれど、少なくとも人々をバラバラにはしないと思っていた。だから万歳。村で祭りがあると、みんな同じ歌を歌って、同じ安酒で酔っ払った」

そう、つまり夢のような村、と彼女は認めた。ただしそれは、みなの頭がおかしくなるまでボスニアの地域社会が五百年間どうにか生活してきた方法にしたがうかぎりでのことだ。

「フロリアンから見てその村がまさに楽園だったのは、親しくなった家族がとりわけすばらしかったから。告白すると、当時わたしはほとんど気にもとめなかったけど。彼は、現地の軍の兵力に関する情報を求めてたまたまそこに流れ着き、ふと気づくと、洗練された家族のテーブルについていた。上品なヨルダン人の夫婦と若い息子がいて、フランスの十九世紀の小説の機微について話し合っていたわけ。関心がないように聞こえるかもしれないけど、その手の日常からかけ離れた出会いというのは、わりとありふれているの。誰でも人生が変わるような経験を日に一度はするし、五回することだって珍しくない。だから、ええ、フロリアンが夢の家族についてだらだらと話しつづけるのをもっと熱心に聞くべきだったと言われれば、そうなんでしょうね。わたしは軍の移動にかかわる話のほうに、はるかに集中していた」ジョーンは言った。

「それでもちろん正しかったのです」プロクターはメモをとりながら同意のつぶやきをもらした。

ジョーンは自分の指を数えている。手遅れになってからだけど、次のようなことがわかったの。事後に本部の命令で苦労して調べた。話が先に進みすぎる、スチュアート？

いいえ、ジョーン、だいじょうぶです。

「ヨルダン人の医師がひとり、名前はファイサル、フランスで学び、医師の資格を得た。ヨルダン人の女性がひとり。その医師の妻で、名前はサルマ、アレクサンドリアとダラムの大学を卒業、信じられればだけど。十三歳の息子がひとり、名前はアーラヴ、前二者の息子。アンマンで学んでいるが、学校の休暇中。この十三歳は父親のような医師になりたい。ここまではいい？」

プロクターはうなずく。

「ファイサルとサルマは、サウジアラビアの資金が入った非同盟の宗教系NGOが支援する医療センターを運営している。医療センターは村はずれの廃棄された修道院で、食堂と放牧場がついていて——ついていた、と言うべきか——敷地内を川が流れている。つまり、五つ星の田園風景。夫のファイサルは、いま述べたアラブの宗教系NGOが提供する有能な衛生兵の助けを借りている。妻のサルマは、エドワードによると並はずれた経営者で、その食堂を野戦病院に改装した。夜ごと大型トラックが現われて、負傷者をおろしていく。戦闘がもっとも激しいのはサラエボだけど、山間部でも発生している。その医療センターがあるから、村人は自分たちの村を聖域だと思っている。でも、まちがっていた」

★

真夜中すぎの比較的穏やかなベオグラード。ジョーンとフィリップはベッドに入っている。ジョーンは現場への出張から戻ってきたばかりだ。フロリアンからは数日連絡がないが、大きな問題ではない。わかっている範囲で彼の直近の秘密会合（トレフ）の相手は、セルビアの砲兵隊の大佐だ。得られた情報はすばらしく、本部から最大級の賛辞が贈られた。ベッド脇の緑の電話が鳴る。要員が緊急時にだけかけてくる電話だ。支局のトップ要員を運用しているジョーンが受話器を取る。

「しわがれた声が、こちらはフロリアン、と。フロリアン？　わたしは言った。フロリアンって誰？　聞いたことのない声だけど。つまり、そのときには、エドワードかもしれないという考えすら浮かばなかったの。声がフロリアンらしくなかった。彼が自分の暗号名を知っているのかどうかも定かではなかった。最初に思ったのは、フロリアンが人質に取られて、この電話は人質犯からだということだった。そしたら相手が完全に無感情の外国人みたいな声で、終わりだ、ジョーン、と言った。そのころにはフィリップも内線電話で聞いていた、でしょう、ダーリン？」

「相手に話させるしかなかった」フィリップが答えた。「こいつはフロリアンを知っている。ジョーンのことも知っている。だから事情に通じた人間だ。そのまま話させろ、とジョーンに合図を送った」——手の指をひらひらと振りながら——「話しているあいだに通話先を追跡させるから、と」

「もうそうしていたわ、もちろん」ジョーンが言った。「相手を問い質そうと思った。ジョーンって誰？ わたしは言った。何が終わったの？ あなたは誰なのか教えて。そうすればまちがい電話かどうかわかるから。すると突然、相手はエドワードになった。今度はエドワードだとはっきりわかった。もうポーランド人でもほかの誰でもない、いつもの彼の声だった。彼らはあの人たちを殺した、ジョーン、ファイサルと息子を。だからわたしは言った。それはひどいわ、エドワード、あなたはいまどこ、どうしてこの番号を使っているの？ 彼は村にいると答えた。どの村？ わたしが訊くと、自分の村だという答え。そこでようやく彼から村の名前を聞き出すことができたの」

★

次にジョーンがとった行動は、あまりに常識はずれで——しかし彼女の淡々とした説明では、あまりにことばが足りず——プロクターは一瞬遅れてその大胆さが理解できた。通訳ひとり、運転手ひとり、特殊部隊の平服の軍曹ひとりを連れて脇目もふらず丘陵地帯に乗りこんでいったのだ。そして翌日の夜までに村を見つけていた。というより、村の残骸を。モスクは倒れ、家という家が粉微塵に爆破されていた。墓地では新しく並んだ墓のまえに老いた導師がひざまずいていた。

村の人たちはどこ？　ジョーンはその老人に訊いた。

セルビアの大佐が連れ去った。セルビアの兵士たちがみなを一列に並ばせて、地雷原を歩かせた。村人たちは足を吹き飛ばされないように、互いの足跡の上を歩かなければならなかった。

お医者さんは？

死んだ。息子もだ。まずセルビアの大佐がふたりと話し、イスラム教徒を治療した罰として彼らを撃ち殺した。

奥さんは？　大佐は奥さんも撃ったの？

セルビア語を話すドイツ人がひとりいたが、到着するのが遅すぎて、医者と息子は救えなかった、と老導師は言った。よく村に来て、医者の家に泊まっていたドイツ人だった。まずドイツ人はセルビアの大佐を説得した。ふたりは昔からの友だちのようだった。ドイツ人は議論が巧みだった。大佐のまえで、奥さんを自分のものにしたいふりをした。大佐は大笑いして彼女の腕をつかみ、贈り物か何かのようにドイツ人に与えた。それから部下たちにトラックに戻れと命じて、去っていった。

それで、そのドイツ人は？　どうしたの？

奥さんが家族を埋葬するのを手伝った。そして彼女をジープに乗せて去った。

★

帰るまえに手洗いに行っておくほうがいいとフィリップが強く勧め、プロクターが立って歩きはじめると、今度はざっと書斎を案内しようと言い張った。チャップマンが先頭に立ち、彼らは小さな菜園をまわりこんで、ガーデニング用の物置小屋に入った。机と椅子、コンピュータが置いてあった。厚板の壁には部(サービス)のクリケット・チームの一九七九年の集合写真が飾ってある。垂木(たるき)からは乾燥中のニンニクの袋が下がり、壁沿いにはマローカボチャとズッキーニを入れた陶器のポットが並んでいる。

「要するにだ、きみ——ここだけの話だぞ、研修生に話したらきみは年金がもらえなくなる——われわれは人類の歴史の進路を変えるようなことはあまりしなかったのだ。そうじゃないかね？」フィリップが言った。「老いたスパイが別のスパイに告白する。おそらく私にはボーイスカウトの運営のほうが向いていたよ。きみがどう感じているかは知らんが」

★

監視対象が頻繁(ひんぱん)に出入りする本通りのあらゆる店や会社。

監視対象が親しくつき合い、わざわざ出向いて便宜を図るあらゆる業者。そしてその見返りに受けるあらゆる便宜。

監視対象が誰かの電話やコンピュータを借りたあらゆる履歴。監視対象が送受するあらゆる通信の記録。

だがビリー、何をするにせよ、とにかく波風を立てないでくれ。

8

ジュリアンは注文仕立ての青いスーツを着てみて、あまりにもシティふうだと思い、チェックのスポーツジャケットに替えた。スポーツジャケットも派手すぎると思ったので、濃紺のブレザー、グレーのフランネルのズボン、ピカデリー・アーケードのバド氏の衣料品店で買ったバーズアイ柄のシルクのニットタイにした。ネクタイは浪費三昧の過去の道楽だ。結んだあと、ほどき、首からはずしてブレザーのポケットに入れた。四十八時間前に電話をかけてから、ずっと心に引っかかって消えない疑問に取り組みながら、もう数えきれないほど結び直していた。

「ハロー」——女性の声。うしろでいまどきのうるさいロック音楽が流れている。音楽が止まる。

「こんにちは、ジュリアン・ローンズリーです——」

「よかった。本屋さんね。いつ来られる?」

相手はデボラのはずがない。『ドクトル・ジバゴ』のスカーフの主か?

「あの、もし木曜でよければ——」

「木曜でいいわ。ママに言っとく。魚は食べられる？　パパは魚が大嫌いだけど、ママはそれしか食べられないから。ところで、あたしはリリー。娘よ」——〝娘〟が災いの予兆であるかのように声を落とす。

「初めまして、リリー。なんでもだいじょうぶです」ジュリアンは言う。これだけ長い時間をエドワードと親しくすごしていて、デボラ・エイヴォンに娘がいたとは夢にも思わなかったことに動揺している。エドワードの娘でもあるなら、なおさらだ。彼女の声は、父親の丁寧に選び取ったような口調とちがって活きがよく、なれなれしい。

「七時でかまわない？」彼女が言っていた。「ママは夜が早いの。遅くできるとしてもあと一時間ぐらいだけど」

「七時でかまいません」

★

彼の人生の謎はそれだけではなかった。店のラップトップ二台が消えたのだ。一台は倉庫から、もう一台は地下室から。警察も遅まきながら来たが、わかったことはジュリアンとさほど変わらなかった。

「完全なプロの仕事です」平服の巡査部長の見立てはそれだけだった。「少なくとも三人がかりです。目くらましにひとり、盗み出すのにふたり。女性がヒステリーを起こしたり、幼児がいなくなったと誰かが騒いでいたりしませんでしたか？　記憶にない？　そういう目くらましのあいだに、共犯者Aが倉庫にもぐりこんでパソコンを盗む。共犯者Bがこっそり地下室におりて同じことをする。ぶかぶかの服を着た女性を見た憶えはありませんか？」そして声をささやきにまで落として、「知り合いの犯行だとは思わないんですね？　あそこにいるマシューがやったとは？見たところ前科はないようですが、何事にも始まりというものがありますから」

この盗難に関してもっとも奇妙だったのは、同じ日の夜、コンピュータがなくなって貴重な古典の仕入れに関する通信文が失われたとジュリアンが告げたときのエドワードの反応だった。顔も、体も、何ひとつ変わらなかったのだ。ただ表情のない静かな眼でじっとジュリアンを見て、彼自身の死刑宣告を聞いているかのようだった。

「ふたつともです」ジュリアンは言った。「コピーはとっていませんよね？」

とっていないと首を振る。

「だとすると、かなりのものを失ったようです。それでも、あなたが作った紙のリストはありますし、階上には予備のラップトップがあるので、仕事はできるでしょう。とりあえずこのことが片づいたら」

「すばらしい」エドワードはいつもの回復力を発揮して言った。

「それと、あなた宛ての手紙を預かっています」――手渡しながら――「メアリーから」

「誰から？」

「メアリーです。ベルサイズ・パークの。あなたに返事を書いたんです。それがこれで」

彼のためにきわめて重要な手紙を届けたことを、まさか忘れていたのだろうか。

「ああ、ありがとう。ご親切に」――ジュリアンが親切なのか、名のない女性が親切なのかははっきりしなかった。

「伝言もあります。口頭でしたが、いまお伝えしてもよろしいですか？」

「彼女と話した？」

「いけませんでしたか？」

「どのくらいの時間？」

「全部で八分か九分くらいでした。隣のブラッセリーで。ほとんどの時間は彼女が返事を書いていました」

「何か内容のあることを話しましたか？」

「いや、話していないと思います。あなたのことだけです」

「彼女の様子はどうでした？」

「それをあなたに知らせたがっていたのです。健康で、落ち着いていて、心穏やかだと。本人のことばです。そして彼女はきれいだった。これは本人が言ったのではありません。ぼくのことばです」

一瞬ではあったが、エドワードの緊張した顔がいつもの笑みで輝いた。

「心から感謝します」――ジュリアンの手を両手で取り、力強く握って離しながら――「いくらお礼を言っても足りません。本当にありがとう」

なんだ、どうした？　本物の涙を流している？

「よろしいですか？」――この手紙を静かに読みたいので、しばらく席をはずしてもらえないかという意味だ。

だが、ジュリアンはまだはずしたくない。

「明日の夜、あなたの家で食事をすることになっています。ご存じかと思いますが」

「光栄です」

「どうして娘さんがいることを話してくれなかったんです？　ぼくの評判はそんなに悪いんですか？　信じられなかった。まるで――」

まるで何？　わからない。

エドワードの眼が世界に対して閉ざされた。長く、ゆっくりと息を吐き出した。ジュリアンが知り合ってから初めて、ほんの数秒だが、彼は我慢もここまでという男になった。ようやくことばが出てきて、ジュリアンはほっとした。

「じつに残念ですが、私たちの娘、リリーはみずから選んでロンドンで暮らしています。私の家族は、私が望んだほどいつも仲よくまとまっていたわけではなかった。私が彼女を失望させたのです。だが喜ばしいことに、彼女は母親が助けを必要としているときにわが家に戻ってきてくれた。手紙を読んでもかまいませんか？」

★

ついにバド氏のネクタイが満足のいく水準に達し、ジュリアンは冷蔵庫から朝のうちに買っておいたギフト包装のシャンパンを取り出した。シティ時代のコートよりはいいかと、古いレインコートを選び、店の戸締まりをして、暗い予感が交じった強烈な好奇心を胸に、いつもの道を〈シルバービュー〉へと歩きだした。未舗装の道に入るところで、待避所にくたびれた白いバンが駐まっていて、前部座席で若いカップルが熱く抱き合っていた。そのバンをやりすごした。家に入る門は大きく開いていた。ジュリアンが呼び鈴を押すまえに玄関のドアが開いた。

「あなたがジュリアンね？」

「あなたがリリーですね」

彼女は小柄で、はきはきしていた。黒髪を少年のように短く切って、口を斜めに引き結んでいる。柔らかいジーンズをはき、左右に赤いハートのポケットがついたシェフ用のストライプのエプロンをつけていた。遠慮のない眼で長々と、初対面のジュリアンを見つめた——濃紺のブレザー、シルクのニットタイ、〈ローンズリーズ・ベターブックス〉のロゴがステンシルで入った麻の袋を。父親譲りの濃い茶色の眼だった。出てきてドアを半分閉め、玄関前の階段をジュリアンのほうへ一歩おりた。奇妙な安堵の仕種で両手をエプロンのポケットに突っこみ、友だちと話すように親しげに彼のほうに肩を振って訊いた。

「その袋には何が入ってるの？」

「シャンパンです。冷えていて、いつでも飲める」

「いいわね。ママは公式にはまだ治療中なの、いい？　でも、いつお迎えが来てもおかしくない。本人もわかっていて、憐れみをかけられるのは嫌う。ママは思っていることをそのまま口にする。思うことはたくさんあるから、何が起きるかわからない。オーケイ？　これから行くのはそういうところだから注意してね」

　ジュリアンは彼女のあとから階段を上がり、不法侵入のような気分で、がらんと広い玄関ホールに入った。不動産業者に言わせれば、早急に近代化が必要な物件だ。大佐の娘の家の黄ばんだアナグリプタ（浮き出し模様のある壁紙）の壁には、航海中の船を描いた大佐のひび割れた油絵や、大佐のアンティークの気圧計が兵士のように整列していた。唯一の光源は天井からさがった鉄の車輪の照明で、そこにのったプラスチックの蠟燭形の電灯が黄色い光を落としていた。ホールのいちばん奥にマホガニーの階段があり、介護用の白い手すりがついていて、曲がりながら暗い上の階へのぼっている。聞こえてくるのはベートーヴェンだろうか。

「ママ！」リリーが階段の上へ叫んだ。「お客さんがシャンパンのボトルを持ってきたわよ！出陣化粧をして！」返事を待たずにジュリアンを歩かせて、開いたドアから同じくらいがらんと広い居間へと案内した。大理石の暖炉は銅の飾り壺に入ったドライフラワーで満たされていた。

暖炉のまえにグレーのソファが二台、戦線のように向かい合わせに置かれていた。作りつけの木製の本棚には革表紙の本がずらりと並んでいる。そして部屋のいちばん遠い隅で、よく見知ったエドワードのまた別のバージョン、〈シルバービュー〉のエドワード・エイヴォン氏が、発見されるのを待っていた。褪せた葡萄茶色のスモーキングジャケットに、金色の紐のついた同系色の夜用スリッパ、白髪をきれいになでつけて、両耳のうしろで小さくピンと立てていた。

「ジュリアン、わが親愛なる友人！　なんとうれしいことだ！」──歓迎の手を差しのべながら──「リリーとはお互い紹介がすんだようですね。すばらしい！　ところでその袋は？　なんということだ。シャンパンという単語が聞こえたかな。リリー、ダーリン、お母さんはそろそろおりてくるころだろうか？」

「あと二、三分。これを冷蔵庫に入れて、食事を出すわね。あたしが呼んだら飛んできて。いい、テッドスキー？」

「いいとも、ダーリン、もちろんだ」

エドワードとジュリアンは向かい合って坐った。ふたりのあいだのコーヒーテーブルには、デカンタとグラスののった銀のトレイが置かれていた。エドワードの眼には、それまでジュリアンが見たことのない何かが浮かんでいた──恐怖に近い何かが。

「シェリーはいかがです、ジュリアン？　それとも、もう少し強いものにしますか？　ちなみに、この家の誰もあなたがロンドンに行ったことは知りません」

「わかっています」

「あなたの最高の店でわれわれが古典の選書コーナーを作っていることは知っています。コンピュータが盗まれたという話題は、無用の不安を引き起こすので避けたほうがいいでしょう。デボラは特定の問題について過敏になることがあります。もちろん、ほかの話題はなんでも自由に話せます。一日のこの時間、彼女はいちばん頭が冴えています」

二階からのベートーヴェンの音楽がやんで、こだまが響く家の軋みやささやきだけが聞こえていた。エドワードはグラスふたつにシェリーをつぎ、ひとつをジュリアンに渡して、自分のグラスを口元に持っていくと、無言の乾杯でちょっと傾けた。ジュリアンも自分のグラスを傾けた。そこで舞台脇にいたプロンプターがうなずいたかのように、エドワードは少し大きな声で会話を再開した。

「デボラは本当にこの日を愉しみにしていたのです、ジュリアン。彼女の父親が町の公共図書館に長くかかわっていたことが大切な思い出になっていましてね。いまも家族の信託財産からかなりの寄付をしています」

「じつにいい話です」ジュリアンは大きな声で返した。「本当に――」勇気づけられる、と言おうとして、キッチンのほうで金物がぶつかる音がしたので、リリーについて訊いた。

「何で生計を立てているのか、という意味ですか？」エドワードは初めてそんな質問をされたというふうに考えこんだ。「いまは料理をしています。そして、愛する母親の世話をしている、明らかに。ですが、何で生計を立てているかというと」——どうしてそこまで答えにくい？——「得意分野は芸術でしょうね。父親が娘に望みそうな美術ではありませんが、ある種の芸術を愛しているようです。そう」

「グラフィック・アート——商業美術とか？」

「まさに。そのカテゴリーです。おっしゃるとおり」

彼らは階段をおりてくるバルバドス出身の男のメロディアスな声に救われた。

「ゆっくり行きますよ、ダーリン……一度に一歩ずつ、さあ……いいですよ……焦（あせ）らず、ゆっくりと、ダーリン……すごい、できてます、そうです」——激励の声と声のあいだに、すり足で歩く音がした。

堂々たるカップルが蜜月期のように腕を組んで大階段をおりてくる。花婿（はなむこ）はじつにハンサムな黒人の若者で、髪はドレッドロック、唇（くちびる）は誓いのことばを唱えるときにもほとんど動かない。花嫁はほっそりしていて、闇夜のように黒い服に金色の薄いベルト、幼さの残る顔の両側にシルバーグレーの髪が広がって、片手を手すりにかけ、盲目であるかのように金色のサンダルの爪先（つまさき）をそっと次の段におろしている。

「あなたが書店主のジュリアンね？」彼女が厳しい口調で訊く。

「そうです、デボラ。こんばんは。ご招待いただき、ありがとうございます」

「何か飲み物は出してもらった？　ここのサービスは然るべきレベルに達しないことがあるから」

「彼がシャンパンを持参してくれた、ダーリン」エドワードが声をかける。

「わたしたちのために時間を作ってくれたのね」デボラはそれを無視して続ける。「店であらゆる頭痛の種を抱えているでしょうに。聞いた話だと、この町の建設業者は耐えがたいそうね。あなたも同意する、ミルトン？」

「ええ、そう思います」花婿が同意する。

エドワードはジュリアンを軽く押してまえに進ませる。「このまま食事にするのがよさそうだ、いいかな、ミルトン？」と階段の上に問いかける。「椅子をテーブルの先端に持ってきてもらおうか。ドアにいちばん近いところに？」

「了解です、テッド」

またエドワード、今度は親の口調で。

「リリー、ダーリン、キッチンの音楽を少し小さくしてもらえるかな？　お母さんが二階に逃げ帰ってしまわないように」

「ああ──そうね。ごめん、ママ」音楽が止まる。

彼らはまた別の寂しい部屋に入る。遠い壁に何も置かれていない茶色の木製の棚がかかっていて、ひどく目立つ。あそこにはかつてグランド・コレクションの一部が飾られていたのだろうか。

食卓の一辺にダマスク織のナプキン、銀の枝つき燭台、コースター、キジ肉、胡椒挽きが並べられ、上座には背もたれの高い女王の椅子が病院の枕つきで置かれていた。

「何か手伝おうか、リリー？　それとも、いつものように無用の気遣いかな？」エドワードが開いた配膳口に尋ねる。返事は皿のぶつかる音、オーブンの扉がガタンと開く音、そしてつぶやきでありながら聞き取れる〝くそっ〟。

「お手伝いできることがあれば？」ジュリアンは提案するが、エドワードはシャンパンを開けるのに忙しく、リリーはさらに鍋やフライパンを振りまわさなければならない。

デボラとミルトンがふたりだけのバレエを演じている。ミルトンが彼女の両手首を持って体をうしろに寄りかからせると、デボラは優雅に枕の谷間に収まる。

「お休みは九時半でよろしいですか、マイ・レディ？」ミルトンが訊く。

「休むのが嫌になることがないかしら、ジュリアン？」デボラが不平をもらした。「どうぞお坐りになって。ほかの人たちが働き、わたしたちは坐る」

引用句だろうか。この人たちはいつも引用句で話しているのかもしれない。ジュリアンは坐る。すでにデボラへの愛着が湧いている。あるいは称賛の念が。あるいは愛情が。彼女はジュリアンの母親で、死にかけている。彼女は夫にだまされている。彼女は美しく、年上で、怖ろしく勇敢だ。いま愛さなければ手遅れになってしまう。エドワードはシャンパンをついだグラスをいそいそとみなのまえの銀のコースターに置いている。デボラは気づいていないようだ。

「九時半でよろしいですか、テッド？」ミルトンがデボラの頭越しにエドワードに訊く。

「かまわないよ、ミルトン」エドワードはリリーのためにグラスを配膳口に置きながら言う。

ミルトン、下手に退場。

「わたしたち、愛人がいるの」ドアが閉まって安全が確保されると、デボラがジュリアンに言う。

「町のどこか、わたしたちの知らないところにかくまわれている。男の愛人か、女の愛人かも訊いてはいけない。それは無礼だってリリーが言うから」

「無礼に決まってるでしょ」リリーが配膳口から加わる。「乾杯、ママ」

「あなたにも乾杯、ダーリン。そして、あなたにも、ジュリアン」

エドワードにはなし？

「もうすっかりこの町に落ち着いた、ジュリアン？　それともまだあきらめきれずに、もしかのときに備えて片足をロンドンに入れたまま？」デボラが訊く。

「あきらめきれないわけではありません、デボラ。さほど戻りたいとは思わないので。まだアパートメントはそのままですが、売ろうとしています」

「すぐに売れるでしょうね、新聞で読むかぎり、いま不動産市場は上げ調子だから」

死にかけている人がそんなことをするものだろうか。住むこともない家の値段を新聞で調べる？

「でも、ときどきは行くの？」

「ええ、ときどきは」――ベルサイズ・パークだけには行かない。

「用事があるから？　それとも、わたしたちに飽きるから？」

「用事があるからです。あなたがたに飽きることはありませんよ、デボラ」エドワードと眼を合わさないように注意しながら、果敢に言い返す。

ジュリアンはメアリーのことを考えている。デボラをひと目見てからは、エドワードのふたりの女性を重ね合わせたり、分けたりしている。対比は公正ではない。メアリーが温かみを発していたのに対し、デボラはよそよそしさしか発していないからだ。

リリーがキッチンから現われ、まず母親の坐るときに乱れた髪を整え、彼女の額にキスをし、またシャンパンをぐいと飲んで、配膳口からトーストと小皿料理を取ってきて、ようやくジュリアンの右側に坐る。エドワードはしきりにサイドボードの皿や罎（びん）をいじっている。

「欲しい人がいれば、ホースラディッシュもある」リリーが告げる。「〈センズベリーズ（イギリス最大手のひとつのスーパーマーケット）〉のがいちばんよね。でしょ？」――とジュリアンに、肘（ひじ）で彼の脇腹をつつきながら。

「すばらしい。調子はどうですか？」

「最高さ、きみ（オールド・ボーイ）」リリーがイートン校のボート漕ぎの歌にめいっぱい似せた英語で応じる。

「ウナギの燻製（くんせい）ね、ダーリン」彼女の母親が喜びの声をあげる。坐ったときから皿はすぐまえに置かれていたのだが。「これがいちばん好きなの。なんて気の利く子なのかしら。いっしょに飲むジュリアンのシャンパンもあって、本当に贅沢ね。ジュリアン？」

「デボラ？」

「あなたのすてきな新しい店だけど、うまくいきそう？　財政的に、という意味ではなく。それはどうでもいいことよね。あなたはとてもお金持ちだと聞いているから。でも、この町の書店の質としてどう？　わたしたちの最高の図書館の文化的な姉妹組織として？　週末旅行者と来住者で成り立っているこの哀れな小さな町で？」

　ジュリアンはすべて肯定で答えようとしたが、毒はここからだった。

「つまり、その胸に手を当てて誓える？　〝庶民〟と呼ぶしかない人たちに対して、古典のコレクションがまさしく魅力的な出し物になると」

「うまくやるわよ、ママ、ほんとに。彼は目が離せない人だもの、でしょ、ジュールズ（ジュリアンはラテン語名ユリウスから派生していて、ユリウスの仏語形の英語での発音がジュールズ）？　彼の店を見たことがあるけど、あれは文学の〈フォートナム&メイソン〉。あたしたち庶民のことは気にしないで。ヤッピーたちが惚れこんで、ぞろぞろやってくるから」

　シャンパンがなくなったので、リリーは白ワインをぐいと飲む。

「でも率直なところどうなの、ジュリアン？　いまの時代、この時期に？」デボラはこだわる。

「つまり、エドワードがあなたを焚きつけて商業的にまったく不毛なことをやらせているのではないと言いきれる？　彼はその気になれば人を操ることに怖ろしく長けているから。ことに相手が昔の学友の息子であれば」

「ぼくを操っています?」ジュリアンは陽気にエドワードに呼びかける。エドワードはここまでグラスを満たすのに忙しすぎて、自分から二メートル以内の会話に参加することができない。

「当たりまえです、ジュリアン!」と明るすぎる声で宣言する。「いままであなたが気づかなかったのが驚きだ。店が終わったあともずっと開けさせて、毎晩私みたいな野良犬とつき合わせる。これを高度な人心操作と言わずして、なんと言うのか。だろう、リリー?」

「とにかく気をつけることね、ジュリアン。それしか言えない」デボラは冷静に警告する。「でないと、ある日起きると破産していることに気がつくわよ。彼がまちがった本を大量に買わせたせいで。あなたはキリスト教徒なの、ジュリアン?」

テーブルの下でリリーに手を握られているのがわかって、返答はいっそうむずかしくなった。ジュリアンが思うに、それは気のあるそぶりではなく、恐怖映画の途中で耐えられなくなって誰かの手を握るのに近かった。

「おそらくちがいます」彼はリリーを励ますようにぎゅっと握り返してから、そっと手を離して、慎重に答えた。「少なくともいまは」

「組織化された宗教には虫唾(むしず)が走るんでしょうね、きっと。わたしも同じ。それでもこれまでの人生でずっと自分の種族の迷信にはしたがってきたし、埋葬もそのしきたりどおりにしてもらうつもり。あなたは自分の種族に忠実かしら、ジュリアン?」

「ぼくがどの種族に属しているか教えてください、デボラ。努力します」ジュリアンは答え、リリーの手がまた戻ってきたことに驚いた。

「わたしにとってキリスト教は宗教というより、大事にしたい価値観ね。そして、それを守るための犠牲。ところで、町の図書館に飾られている父の勲章を何かの機会に見たことは？」

「残念ながらありません」

「すごいのよ」リリーが言い添えた。「トップクラス」

「寄贈したの。ダーリン、そんなに飲んでだいじょうぶ？」

「内からこみ上げる力が必要なの、ママ」いまやリリーの手は古い友人のようにジュリアンの手のなかに収まっている。

「入ってすぐのホールの西側の壁に、真鍮（しんちゅう）のプレートがついた小さな箱型の額で、ごく控えめに展示されているの。わたしの父は最前線でノルマンディーに上陸して、戦功十字勲章にひとつロゼット（さらに軍功を重ねた場合に勲章のリボンに付加される）を追加した。リボンを見ればわかる。ロゼット（バー）はとても地味な飾りだけれど、そこにこめられた意味は大きいの」

「おっしゃるとおりですね」

「あなたも〝バー〟を持ってるわよね、ジュールズ？　コーヒー・バー。店の二階に。マシューが話してくれた」

「大佐の父親はガリポリの戦いで亡くなった。それはエドワードから聞いたかしら？」

「ええ、話すわけがないわね」

「ウナギはするっと喉を通るでしょ、テッドスキー？」リリーがテーブル越しに訊く。ジュリアンの手を片時も離さずに。

「ごちそうだ、ダーリン。これからしっかりいただくよ」エドワードが答える。彼は魚が大嫌いだ。

自分の人生は仲裁について学ぶ上級特別クラスの拡張版だと悟ったジュリアンは、またしても夫婦の溝に足を踏み入れる。

「できれば町の人たちを動かして芸術祭を復活させたいと真剣に考えているんです、デボラ。誰かからその話を聞かれたかどうかはわかりませんが」

「いいえ、聞いてないわ」

「ジュールズがこれから話すって、ママ」リリーが言う。「だから聞いて」

「いまはあいにく登り坂の苦労というところです」彼は続ける。「実力者たちがあまり前向きではなくて。何かこう、彼らに話題をどう振ればいいかというような賢明なお考えはないでしょうか？」

あるのか？　ないのか？

ウナギで汚れた皿をリリーが重ねるあいだ、手が離れる。それをエドワードが配膳口に持っていく。デボラはいまの質問について考えている。グラス半分のシャンパンで彼女の頰に赤みが差した。色の薄い大きな眼は、いま白く燃えている。

「リベラルな性格の夫が言うには、イギリスには新しいエリートが必要なのだそうよ。斬新な考えでしょう。これをあなたの指針とすべきかもしれません」

「芸術祭についてですか？」

「いいえ、芸術祭ではなく、あなたの古典のコレクションについて。保守派を追放して、わけがわからないものを迎え入れる。あるいは、その代わりに新しい有権者を作ることもできるかもしれない、もちろん。でも、それは月にむなしく吠えるようなものでしょう。ちがう？」

ジュリアンは途方に暮れる。この人は何を言いたいのだろう。給仕係をもって任じるエドワードは魚のクランブル（小麦粉、バター、チーズなどを混ぜて崩れやすい生地にしたものをのせて焼く料理）を取り分けている。リリーは席に戻り、空いている手の肘をついて顎をのせ、ぼんやりと考えこんでいる。勇ましいジュリアンは引きつづきひとりでがんばる。

「エドワードをリベラルだとおっしゃるのに驚きました、デボラ」――まるでエドワードが別の州にいるかのように――「どちらかというと保守的なタイプだとぼくは思うので。ホンブルグ帽のせいかもしれませんが」受けを狙って言い、リリーからは心強いふんという笑いが生じるが、デボラは睨みつけるだけだ。

「だったら知っておくべきね、ジュリアン、なぜわたしたちが父の家を〈シルバービュー〉という名前に変えさせられたか」怒りもあらわに残りのシャンパンをひと息で飲み干した。

「だめ、ママ！」

「それとも、エドワードがもう胡散(うさん)くさい説明をした？」

「胡散くさいかどうかにかかわらず、何も聞いていません」ジュリアンは請け合う。

「もうやめて、ママ、お願い」

「フリードリヒ・ニーチェについて聞いたことはあるわよね、ジュリアン？　ヒトラーのお気に入りの哲学者だけれど？　あなたは文化の特定の分野についてはまだ知らないこともあるとエドワードが言っていたから」

「ママ、だからお願い」リリーは懇願していたが、ついに椅子から飛び出して母親に駆け寄り、抱きしめて髪をなでる。

「夫のエドワードとわたしが結婚してほどなく、彼は――一方的に、と言っていい――フリードリヒ・ニーチェが歴史的に悪く言われすぎているという結論に達したの」

エドワードがついに生き返った。

「一方的ではまったくなかったぞ、デボラ」と珍しく色をなして断言した。「われわれが長年信じこまされてきたニーチェの神話は、彼の不快な妹と、同じくらいぞっとするその夫が作り上げたものだった。このふたりは気の毒な男を実像からかけ離れた人物にしてしまったのだ――ほとんどは本人の死後長くたってから。われわれは、探究心に満ちた恐るべき知識人を、世界史の怪物たちがみずからの醜い大義のために用いることを許してはならない」

「ええ、そうね、わたしも自分はそうされたくない」デボラはリリーに相変わらず髪をなでられながら言う。「たとえニーチェが個人の自由のもっとも勇敢な擁護者だったとしても、なんだというの？　わたしに言わせれば、個人の自由にはかならず義務がともなった。ところが、ニーチェとエドワードにとって、そんな義務はない。ニーチェとエドワードにとっては、〝するまえに考えろ〟ではなく〝考えたことをしろ〟なの。きわめて危険な信条ね、そう思わない、ジュリアン？」

「少し考えなければなりません」

「ママ、いいからやめて」

「どうぞ考えて。エドワードは誰もが彼に同意せざるをえないという考えから抜け出せないの。ヴァイマルのニーチェの家は〈ジルバーブリック〉と呼ばれていた。だからこの家も〈シルバービュー〉。そうしてずっとつき合ってきたわけ、でしょう、ダーリン、ずっと昔から」――ところは、いまやすがりつくように彼女の頭じゅうに無重力のキスをしているリリーに。

しかし、デボラの口は止められない。

「あなたのことを聞かせて、ジュリアン。好奇心は大事」

「ぼくのことを、デボラ？」――なんとか陽気な調子を保ちながら。その間にリリーはまた彼の横に落ち着く。

「ええ、あなたのことを。あなたは何者？　天の恵みであるのは確かね。ユダヤ人の言うところの善行。それはまちがいない、でも、どうしてそんなにあわててシティの仕事を辞めたの？　わずかながら耳にしたところでは、反資本主義的な激情に駆られたのだとか。大金を稼いだあとではあったけれど、まあそれは脇に措いておきましょう。わたしの情報提供者は正しい？」

「というより、デボラ、金属疲労に近かったのです。他人の金をあまりにも大量に扱いすぎると、そうなるというか」

「まったく同感だ！」エドワードがいきなり言って、つかんだグラスを掲げる。「金属疲労。まず指先から始まって、だんだん脳に上がっていく。よく言った、ジュリアン。満点です」

　また不穏な沈黙。

「デボラ、もし訊いてもよろしければ、次はあなたの番です」ジュリアンは最後の交渉術を発揮して切り出す。「エドワードがかなり多くの言語を話すことは知っています。あなたがおそらく政府で働く名高い研究者であることも。実際には何をしておられるのですか？」

　今回すばやく割りこんで質問をうまくはぐらかすのは、リリーだ。

「テッドスキーは本当に何カ国語も話すのよ。ポーランド語、チェコ語、セルボ＝クロアチア語、あのへんのことばはすべて、でしょう、テッドスキー？　英語も悪くはないわ。さあ、パパ、この人に聞かせてあげて。買い物リストの全部を」

　エドワードはためらうふりをして、脱線に加わる。

「ああ、私はオウムだよ、ダーリン。何カ国語かしゃべれたところで、意味のあることを言えなければオウムと同じだ。ドイツ語を入れるのを忘れたな。ハンガリー語もいくらかしゃべれる。フランス語はもちろん」

だが議論を封印するのは、ついに戻ってきたデボラの鋭いひと言だ。

「わたしは仕事でアラビア語を使う」彼女は告げる。

★

いつしかコーヒーの時間になり、ジュリアンが腕時計を盗み見ると九時二十分、デボラの指定した退場時刻まであと十分だ。リリーはいなくなっている。二階から女性の歌うアイルランド民謡が聞こえる。エドワードは黙って坐り、ワイングラスを弄(もてあそ)んでいる。デボラは枕を背にまっすぐ坐り、馬の鞍(くら)の上で眠ってしまった騎手のように眼を閉じている。

「ジュリアン」

「いますよ、デボラ」

「戦争のあいだじゅう、わたしの父の弟のアンドルーは、ここからさほど遠くないところでとても優秀な科学者として働いていたの。それはエドワードから聞いた？」

「聞いていないと思います、デボラ。話してくれましたか、エドワード？」

「省いたかもしれない」

「極秘の仕事だった。彼はほとんど過労で死ぬまで秘密を守った。当時の男たちは忠誠心が高かったの。あなたは平和主義者ではないわね？」

「ちがうと思います」

「まあ、ならそれがいいわ。ミルトンが来た。いつもどおり時間に正確。いままで何をしていたのか訊いてはいけないの。それは失礼だから。来てくださって感謝します、ジュリアン。わたしはここに残るわ。北側の壁の階段をのぼるところは、あまりエレガントとは言えないから」

そのことばでジュリアンは辞去を命じられた。

エドワードが玄関ホールで待っていた。ドアは開いている。

「あまりつらい思いをしなかったのならいいのですが」エドワードは明るく言い、手を差し出して心のこもった握手をした。

「愉（たの）しい時間でした」

「それから、リリーが中座して申しわけなかったと。ちょっと家の用事があったもので」

「もちろんです。お礼を言っておいてください」

ジュリアンは夜気のなかに踏み出し、最後の礼儀で小径（こみち）の突き当たりまでできるだけゆっくり歩いた。解放感とともに走りだそうとしたそのとき、懐中電灯の強い光に照らされたので振り返ると、そのうしろに『ドクトル・ジバゴ』のスカーフをつけたリリー・エイヴォンがいた。

★

最初ふたりは互いに距離を置いて歩いていた。自動車の衝突事故に愕然としたあと、それぞれの生活圏に帰っていく人たちのように。やがて彼女が彼の腕を取った。夜は灰色に湿り、ごく静かだった。待避所にまだおんぼろのバンが駐まっていたが、恋人たちは車体後部に移ったか、別れていた。本通りの貧しいほうの端には、オレンジ色のナトリウム灯に照らされた慈善団体のリサイクルショップが並んでいた。裕福なほうの端は白く輝いていて、〈ローンズリーズ・ベター・ブックス〉はその誇らしい最新の店だった。ひと言もことばを交わさず、彼女はジュリアンの住まいに上がる建物横の階段をついてきた。居間は、ジュリアンのなかの修道士が望んだとおり殺風景だ。ツーピースのソファ、肘掛け椅子、机、読書灯。出窓が海のほうを向いているが、今夜は見えない。ただどんよりした雲と雨の涙だけ。リリーは肘掛け椅子を選んでどさっと坐り、ラウンドの合間のボクサーのように両腕を垂らした。

「あたしは怒ってない。わかる？」

「ええ」

「あなたと寝るわけでもない」

「ええ」

「水はある？」

ジュリアンは冷蔵庫から炭酸水を取り出してグラスふたつにつぎ、ひとつを渡した。

「パパはあなたのこと超優秀だと思ってるでしょ？」

「ぼくの父の学友だったから」

「あなたにいろいろ話してる。ちがう？」

「彼が？　どうだろう。何について？」

「さあ。女性のこととか。感じてることとか。自分がどういう人間かとか。人がふつうでいるときに話すことを」

「きみの成長過程でもっといっしょにいられなかったことを後悔していると思う」ジュリアンは注意深く答えた。

「ええ、まあ、もうくそ手遅れだけどね。でしょ？」――携帯電話を確かめながら。「ちなみに、あなたは立派だったわ。礼儀正しくて。うわべは友好的で。ママはもうメロメロ。あそこまでする人はなかなかいない。ここ、どうすれば電波が入る？」

「窓辺はどうかな」

『ドクトル・ジバゴ』のスカーフが頭から首のまわりに落ちていた。窓に背を預けてショートメッセージを打っている彼女のシルエットは、それまでより背が高く、強く、女性らしく見えた。すぐに返事の着信を知らせる音が鳴った。

「当たり」リリーはふいに父親と生き写しの明るい笑みを浮かべて報告した。「ママはラジオでワールドサービスを聴きながら気持ちよく寝てる。サムもぐっすり」

「サムとは?」

「あたしの小さな息子。いま鼻風邪を引いてて、すごく機嫌が悪いの」

母親がアイルランド民謡を歌って寝かしつけるサム。聞いたことがなかったエドワードの孫サム。聞いたことがなかったエドワードの娘のリリーの息子サム。ドアが開いたり閉まったりする。

「黒人なの」リリーは携帯電話をジュリアンに見せ、グレイハウンド犬の首に抱きついて笑っている子供の写真に感心させた。「ミックスという言い方もある。でも、あたしたちみたいな家族にとって、言い方は関係ない。ママは肌が何色でも頓着しないけど、黒人はだめ、介護者は別だけど。初めてママがサムを〝わたしのちびくろサンボ〟と呼んだとき、パパはカンカンに怒ったわ。あたしも」

「でも、お父さんにはロンドンでときどき会っている?」

なぜ〝でも〟?

「もちろん」

「けっこう頻繁に?」

「ときどきよ」

「会ったときには何をする? サムを動物園に連れていくとか?」

「その手のこと」

「劇場にも？」

「ときには。〈ウィルトンズ〉でのんびりランチを食べることもある。ふたりきりで。彼はあたしたちをすごく愛してるの。でしょ？」

そして他人に対しては〝立入禁止〟の合図。

★

あとから思えば、そのときおりてきた沈黙、ともに手をたずさえて戦ったあとの平和、自分の人生にまちがった人物を招き入れたのではないかという見当はずれの憂慮が、いちばんジュリアンの印象に残った。四方山話（よもやまばなし）が、手に負えないくらい大きな話の代わりになったことも。リリーが両親のことを話すときには、あたかも彼らの核心部分に触れてはいけないかのように巧みにその縁をなぞることも。そして彼女の父親と同じように、まだその時期は来ないものの、いつか心の内を明かせる相手かどうか、ジュリアンを試していたことも。

いいえ、サムの父親は予定外だった。ふたりにとって美しいあやまちが大きな結果をもたらした。線引きはしっかりされている。彼は定期的に訪ねてくるけど、いまは新しい生活をしていて、それはあたしも同じ。

そう、パパが言ったとおり、あたしはグラフィック・アーティスト。講座に半分かよったところでサムができたから、残りはあきらめた。どのみちくだらない講座だった。

子供向けの本を何冊か書いて、イラストもつけたが、まだ出版社が見つからない。いまはまた別の話を書いている。

両親の計らいでブルームズベリーの小さなアパートメントにサムと住んでいる。「なんであれデザインのゴミ仕事をして」各種の請求書を支払う。〈シルバービュー〉に行くと肌がぞわっとする。

教育——なんのくそ教育？　生まれたときから寄宿学校よ。

男？　冗談はよして、ジュールズ。あたしとサムだけのほうがいいに決まってる。ところであなたはどうなの？

ジュリアンは、こちらも休眠中と答える。

彼らは腕を組んで静かな通りを引き返したが、それも小径が始まるところまでだった。リリーは裏口から出るところはエドワードに見られていないと言ったが、本当にそう信じているのだろうか。エドワードはジュリアンが会ったなかでもっとも注意深い人間だ。彼女が猫だったとしても、見つけたにちがいない。

白いおんぼろバンはいなくなっていた。ふたりの前方には、明け方の空を背景に〈シルバービュー〉が大きく黒々と浮かび上がっていた。玄関ポーチの上に黄色い光が見える。二階の窓のいくつかにはまだ明かりがついていた。ジュリアンから離れながら、リリーは自分の肩を抱きしめ、深く息を吸った。

「いつかあたしたち、あなたの店に行って本を買うね」彼女は言い、振り返らずに歩き去った。

9

「十時半から、ダンスはありませんが、ミスター・ピアソン、二時まで相談を受けつけています」電話の向こうの彼女から、ポーランド系フランス人の訛り(なま)りで厳しく言い渡されていた。「わたしが遅れたら、二階の待合エリアに坐って、相談したい親か保護者のふりをしていてください」

十時十五分。あと十五分だった。プロクターはバタシーの場末のギリシャ料理店で二杯目のミディアム・スイートの濃いブラックコーヒーの力を借りて、気持ちを引き締めようとしていた。雨の降りしきる通りの向こうに、赤煉瓦(あかれんが)の〈スクール・オブ・ダンス・アンド・バレエ〉がある。上階のアーチ形の窓に引かれたブラインドの奥で、若いダンサーたちがポーズをとったり、手足の動きを学んだりしている。

前夜はほとんどひと晩じゅう、副部長のバッテンビーと法務課の責任者ふたりとの朝食ミーティングに備えて、未処理の傍受記録を延々と確認していた。そのミーティングは土壇場で今夜に延期になった。三時間の睡眠のあと、ドルフィン・スクウェアでシャワーを浴びていると、エレンが電話をかけてきて、発掘調査で画期的な発見があり、あと数日滞在を延長しないとほかの人たちに申しわけないと言い、明らかについでのように、帰りの航空券について旅行代理店と真剣に相談しなければならないとつけ加えた。

「ほかの人たちに迷惑をかけないように滞在を延ばすわけだ」プロクターは辛辣に言った。「発掘で何が見つかった？」

「どれもすばらしいものよ、スチュアート。説明してもぜんぜん理解できないでしょう」エレンが見下すような無関心で答えたので、プロクターはますます苛立った。「ローマ時代の完全な村ひとつを発掘してるの。もう何年も探してきて、ついに見つかった。想像してみて。台所もそのままだし、ほかに何があるやら。竈には炭まで残ってる。大きな祝宴があったのね。花火に演説。もうわたしの想像を超えてる」

情報過多だ。最後の嘘が効果薄だったときのために次々と嘘を重ねる。

「そんな驚異的な遺跡をどこで見つけた？」プロクターは相変わらず抑揚のない声で追及する。

「発掘現場よ、現場に決まってるじゃない。美しい丘の中腹。いまそこに立ってる。ほかのどこでローマ時代の村が見つかるというの？」

「その現場が地理的にどこにあるのかと訊いている」

「あなた、わたしを尋問してるの、スチュアート？」

「ふと、きみが泊まっている立派なホテルの庭にいるのかもしれないと思っただけだ」彼は答え、エレンの怒濤の反論を聞くに堪えずに電話を切った。

★

頬杖をつき、すぐ横に三杯目のギリシャ・コーヒーを置いて、プロクターは助手のアントニアがスマートフォンに転送してくれた大昔の資料の一部を読み返す。

一九七三年。ロンドン警視庁特別保安部は恋に落ちている。

監視対象はダンスのためだけに生きている。自然な美しさのすべてを身につけ、芸術に完全にのめりこんでいて、わかっているかぎり政治的、宗教的な団体には属していない。教師たちからは、この道のまばゆい頂点に立つこともできる模範的な生徒だと思われている。

四十年後。特別保安部はもう恋に落ちていない。

監視対象はこの二十年、平和活動家、親パレスチナの抗議者、人権活動家であるフェリックス・**バンクステッド**（個人ファイル添付）と同棲している。事実婚の配偶者と同じ活動をしているわけではないが、**バンクステッド**と並んで行進しているところをたびたび目撃されるようになった。イラク戦争前夜には、監視リストのデモに所定の回数参加したことから、規定どおり**黄色信号**（アンバー）に格上げされた。

向かいの上階の窓に映っていた影が消えた。突然の豪雨で通りの車が動かなくなった。建物のアーチ形の入口からいろいろな民族のティーンエイジャーが現われ、いくつかのバス停留所に分かれていった。プロクターはコーヒー代を払った。レインコートを頭に引き上げ、立ち往生している車のあいだを縫って、反対側の歩道まで走った。

ベルを鳴らすべきか、そのまま入るべきかわからなかったので、両方した。入るとそこは誰もいない煉瓦のホールで、しゃれた紙の立体工芸品がいくつかさがり、ダンスのイベントの告知が貼り出されていた。バレエのポスターが並ぶ階段が、ミンストレルのギャラリー（ホール内にあるバルコニー状の構造物）につながっている。〝校長〟の表示があるドアが半分開いていた。ノックして押し開け、なかをのぞいてみた。背の高いエレガントな年齢不詳の女性が、楽譜台のまえにまっすぐ立ち、彼が近づくのを批判するように見ていた。黒いズボンをはき、上はレオタードだった。

「ミスター・ピアソン？」

「そうです。あなたはアニアですね」

「あなたは政府の職員で、わたしにいくつか質問があるのですね？」

「まさにそうです。会っていただき、ありがとうございます」

「警察から来られたの？」

「いえいえ、とんでもない。ずっと昔、ありがたくもあなたの助けを借りて、パリでエドワード・エイヴォンと知り合った部局から来ました」プロクターは、写真と〝スティーヴン・ピアソン〟という署名の入った身分証を渡した。彼女は写真を眺め、思っていたより長く彼を見つめた。修道女の眼だった——揺るぎなく、無垢で、誠実な。

「エドワードは——」また口を開いた。「元気ですか？　まさか——」

「私が知る範囲では元気です。元気でないのは夫人のほうで」

「デボラ？」

「ええ。その夫人です。この部屋は少々広い。どこかもう少し内密な話ができるところはありませんか？」

★

彼女の事務室は手狭だった。アーチ形のステンドグラスの窓の半分がパーティションで隠れ、折りたたみ式のプラスチックの椅子と、デスク代わりに古い架台式のテーブルが置いてあった。プロクターにどう接するべきかわからず、彼女は行儀のいい女子学生のようにテーブルについて背筋を伸ばし、彼が向かい側に椅子を引いてくるのを見つめていた。それから休戦の仕種で両手を重ね合わせた。指が長く、彫りが深く、とても優美な手だった。

「エドワードにはいまもときどき会っていますか？」プロクターは訊いた。

驚いて首を振る。

「アニアとお呼びしてもかまいませんか？」

「もちろんです」

「私はスティーヴンと呼んでください。いきなり本題に入ってもいいでしょうか。最後にエドワードに会ったのはいつだったと思いますか？」

「何年もまえです。教えてください、どうしてこんなことを訊くのですか？」

「これといった理由はありません、アニア。秘密の部局で働く人間は、誰であろうとときおり調査を受ける。今回、たまたまエドワードの順番が来ただけです」

「あの年齢で？　もうあなたがたのところで働いていなくても？」

「どうして働いていないとわかるのですか？」――変わらず少しおどけたような調子で。「本人から聞いたのですか？　もう私たちとは働いていないと。言ったとしたらいつでしょう。憶えていますか？」

「本人からは聞いていません。わたしが思っただけです」

「何を根拠に？」

「さあ。たまたま思ったことを口にしただけで。べつに根拠はありません」

「ですが、憶えているはずでしょう、彼からいつ最後に連絡があったか、あるいはいつ本人に会ったか」

やはり返答なし。

「では、助け船を出しましょう。一九九八年三月の――たしかに、ずいぶんまえです――真夜中すぎ、エドワードがベオグラード発の国連難民高等弁務官事務所(UNHCR)の輸送機でガトウィック空港に到着した。憔悴(しょうすい)しきっていて、所持品はイギリスのパスポートだけだった。どうです、その日のことを思い出しましたか？」

思い出したのだとしても、彼女はそれを外に表わさなかった。

「彼はひどい状態だった。ひどいものを見ていた。数々の残虐行為を。殺された子供たちを。できれば誰も目にしたくない現実世界の恐怖を。そう遠くない昔に、彼はそれを手紙で友人のひとりに知らせた」

プロクターはこのことばが相手の心に届くのを待ったが、見たところ効果はなかった。

「彼には信頼できる人間が必要だった。彼のことを気遣い、理解してくれる誰かが。そう聞いて、何か心あたりはありませんか？」

修道女の眼が下を向く。重なっていた指の長い両手が離れる。ほかに反応はなかったので、プロクターは続けた。

「彼はデボラに連絡をとろうとはしなかった。どのみちデボラはテルアビブで会議に出席していた。また、南西部の女子校にいる娘にも連絡しなかった。となると、絶望した彼が頼りにするのは誰か？」プロクターは押し黙った。道を踏みはずした自分の家族の一員に話しかけているかのように。「数日前まで、これも解けない謎のひとつでした。エドワード自身も、自分がどこにいたのかすらわからなかった。本部に報告するまでに四日かかり、本人曰(いわ)く、誰もがそうなるように、ボスニアでのここ数カ月の活動から打撃を受け、どこかを放浪していたと想像するしかなかった。ただ、ご承知のとおり現代のテクノロジーのおかげで、その時期の通話記録を回復することができ、彼の説明とはちがうストーリーが浮かび上がった」

そこでことばを切って、彼女の様子をうかがいながら反応を待ったが、修道女の眼は彼を拒んだ。

「彼がガトウィック空港に到着した夜中の一時に、誰かが空港の公衆電話からハイベリーのあなたのアパートメントにコレクトコールをかけていたのです。そのときあなたはアパートメントにいましたか？」

「いたかもしれません」

「夜中にコレクトコールを受けませんでしたか――一九九八年三月十八日に」

「受けたかもしれません」

「長い通話でした。料金は九ポンド二十八ペンス。当時としては大金です。エドワードはその夜、あなたのところに来ましたか？　アニア、どうか私の話を聞いてください」

泣いているのか？　涙は見えないが、彼女はうつむいたまま、テーブルの端を両手で強く握り、親指の爪が白くなるほどだった。

「アニア、こうせざるをえないんです、わかるでしょう？　私はあなたの敵ではない。エドワードは正直で勇敢な男です。それは私もあなたも知っている。だが、彼は多くの人格を持っている。

そのひとつが道からはずれたら、そのことも知らなければならないし、必要なら彼を助けなければいけない」

「彼は道からはずれてはいません！」

「十六年前のその夜、エドワードがあなたのアパートメントに来たかどうかを訊いているんです。単純な質問でしょう？　イエスかノーかで答えられる。エドワードは来たのですか、それとも来なかったのですか？」

彼女は顔を上げ、プロクターをまっすぐ見つめた。そこにあったのは涙ではなく、怒りだった。

「わたしには同居人がいます、ミスター・ピアソン」彼女は言った。

「知っています」

「名前はフェリックス」

「それも知っています」

「フェリックスもいい人です」

「だと思います」

「フェリックスが玄関のドアを開けてエドヴァルトを迎えました。ガトウィックからのタクシー代もフェリックスが払いました。フェリックスはエドヴァルトをわが家に迎えたかった。でも残念ながら、うちに予備の寝室はありません。四日間、エドヴァルトはわたしたちのソファで寝ました。フェリックスは音楽学者です。学生を大切にしているので、彼らをがっかりさせるわけにはいかない。幸いこの学校で働くわたしには助手がいますから、わたしはアパートメントに残り、看護人としてエドヴァルトの世話をすることができた」

　彼女の怒りがおさまるまで間ができた。

「エドヴァルトは具合が悪かったけれど、医者にはかかりたくなかった。わたしは彼をひとりにしたくなかった。四日目、フェリックスがエドヴァルトに服を着せて理髪店に連れていき、ひげを剃ってもらいました。月曜日、エドヴァルトはわたしたちに感謝して別れを告げました」

「その四日間で、彼は奇跡的な回復を見せたのですね」プロクターはとくに皮肉をこめずに言った。

　そのことばに彼女は苛立った。

「回復ってなんですか？　わが家を出るとき、エドヴァルトは穏やかで、微笑んでいました。わたしたちにお礼を言って、愉しそうでした。でもまたよそよそしくなりました。いつものエドヴァルトだった。それが回復なら、そう、彼は回復しました、ミスター・ピアソン」

「しかし、その日の朝、本部に顔を出したときには回復していなかった。でしょう？　四日間、どこにいたかもわからないし、新しい服は救世軍でもらったと思っていた。それすら自信がないと。ひげも救世軍で剃ってもらったような気がすると。バスの乗車券をどこで手に入れたのかも思い出せないようだった。どうして彼は私たちに嘘をついたんでしょう。どうしてあなたはいま私に嘘をついているのですか」

「知りません！」彼女は大声で言い返した。「勝手にして。わたしはあなたのスパイじゃない」

プロクターの世界が揺らぎ、またもとに戻った。ようやく理解した。エレンは彼に嘘をついているが、アニアはちがう。アニアは偽ることを知らないのかもしれない。もし嘘をついているとしたら、積極的にではなく、言うべきことを言っていないだけだ。満面の笑みを浮かべた考古学者のつばめとベッドに入ったまま、口からでまかせを言っているのではない。その考古学者がそういうことをしていればだが。

★

「その夜、あなたがたふたりを訪ねてきたエドワードは別人のようでしたか？」

「たぶん」

「どんなふうに？」

「さあ。別人ではなかった。真剣だった。エドヴァルトはいつも真剣でした」

「サルマに対しても真剣だった？」

「サルマ？」――知らないふりを装うが、弱々しい。

「ボスニアの悲劇で家族を失ったその女性を、彼は崇拝していた。殺された少年の母親、殺された医師の妻です」

アニアは眉根(まゆね)を寄せ、不確かな記憶を探る演技をした。「その女性についてフェリックスと話していたかもしれません。男性相手のほうが話しやすかったんでしょう。すごく長い時間、フェリックスと話していました」

「いや、フェリックスとは世界を救う方法について話したのです。そのことをわれわれは知っているし、あなたも知っている。以来、彼らは熱心なペンフレンドになった。エドワードがサルマのことを相談したのは、まちがいなくあなたです。エドワードの人生で何かとても大きなことが起きていた。彼がもう共産主義を信じていないとあなたに打ち明けた、パリの夜のように。あなたなら理解してくれる。理解できるのはあなただけだ」

「デボラもでしょう？　奥さんだから」アニアは尋ねた。「彼女は理解してくれないの？」

しかし、プロクターの怒りと同様、彼女の怒りも長続きしなかった。

「彼は彼女のために死ねばよかったと言っていました」アニアは言った。「自分を恥じていた。彼はヨルダンまで彼女に同行しました。家へ帰って、と彼女は言いました。奥さんのところへ、お子さんのところへ、帰って西欧の人になって、と。彼女は彼の情熱の対象で、具合が悪くなるほど気にかけていた相手だった。信心深くなくて、賢くて、完璧だった。悲劇的で、高貴だった。彼女の家族は聖都イェルサレムの古代の門を開ける鍵を持っていました。ダマスカス門だったか、それともヤッフォ門だったか。思い出せないけれど」

声が心なしか苛立っているだろうか——嫉妬すら感じ取れる？

「彼女は秘密でもあった」プロクターは言ってみた。「どうしてあらゆる人間から、あそこまで秘密にしなければならなかったんでしょう」

「デボラのために」

「デボラの心を傷つけないために？」

「奥さんだもの」

「しかし、サルマはあなたが見たところ、執着の対象にすぎなかった。ふたりの関係は世に言う浮気ではなかった。なんでしょう、もっと大きなもの？　転向とか？　彼はその大きな変化を誰にも知られたくなかった。妻にも、自分が働く部（サービス）にも。フェリックスにそんなことを話したのではありませんか？」

別のアニア。その顔が城の扉のように固く閉ざされた。

「フェリックスはヒューマニストです。すべてにまじめに取り組む。それはよくおわかりでしょう、ミスター・ピアソン。彼は大勢の人と重要な会話をたくさんする。何が起きているのか、わたしのほうから訊くことはありません」

「ふむ、それなら私から直接訊いてみましょうか。彼がどこにいるか、もしかしてご存じではありませんか？」

「フェリックスはガザにいます」

「だろうと思いました。よろしくお伝えください」

★

百十三番のバスの上から、夕方のミーティングに向けて、副部長バッテンビー宛ての平文(アン・クレール)のメッセージ――

監視対象がわれわれの関心に気づいていなかったとしても、いま気づいているのは明らかと思われる。

ピアソン

10

デボラ・エイヴォンが亡くなった。逝去(せいきょ)後数時間のうちに、ジュリアンは黙々とおもな事実を確認していた。

午後六時、デボラの世話をしていたマクミラン看護師がリリーを母親の枕元に呼んだ。デボラは指にはめていたいくつかの指輪をリリーに与え、書斎にいたエドワードを呼んでほしいと言った。

エドワードが来ると、デボラはリリーと看護師に出ていってもらい、ドアを閉じた寝室に十五分間、夫とふたりきりでいた。その後部屋を出たエドワードは、戻ってくるなという指示を受けていたようだった。

今度はリリーだけが母親の枕元に呼ばれ、看護師は声の届かない廊下の椅子に坐っていた。リリーによると会話は十分間で、その内容はジュリアンに明かされなかった。看護師がまた入り、リリーといっしょにデボラの最期を看取った。午後九時にデボラはモルヒネの助けを借りて昏睡状態になり、真夜中ごろ医師が死亡を宣告した。

死去に関連したデボラの指示がただちに発効した。遺体は即座に葬儀社の安置所に運ばれ、弔問はいっさい、誰からも受けつけない。その点わずかでも疑いが残らないように、夫のエドワードが特別に名指しで門前払いになっていた。誤解を避けるため、故人の要望を書いた手紙の写しがあらかじめ葬儀社の手元にあった。

ジュリアンにとってデボラの死が身近になったのは、朝の六時に書店のベルが急を告げたときだった。ドレッシングガウンを引っかけて急いで階下におりると、入口にリリーが無言で立っていた。眼は乾き、暗い顔で顎を引いていた。

まず頭をよぎった恐怖は、あとから考えると意外だが、サムの身に何か起きたということだった。しかしその場合には、リリーはこんなところに立ってこっちを見ていたりせず、どこだろうとサムがいるところにいるはずだと思い直した。あとで聞くと、リリーは母親の遺体に連れ添って葬儀社のバンに乗ったが、デボラの指示にしたがって礼拝堂の門までしか行けなかったということだった。

ジュリアンは彼女を親密な雰囲気の住まいではなく、〈ガリヴァーズ〉コーヒー・バーへと案内した。なぜかわからないが、それが礼儀正しいと思ったのだ。

デボラの最後の衰弱期にリリーとサムが書店に立ち寄ったときには、〈ガリヴァーズ〉までのぼることができなかった。カビ臭い階段をひと目見るなり、サムが血も凍るような叫び声をあげたからだ。

初めてコーヒー・バーを見たリリーの反応は、それより少しましだった。

「完全なゴミね！」

「何が？」

「あのくそひどい壁画よ。誰が描いたの？」マシューの友だちだと教えられると、「その彼女、ぜんぜん使えない！」

「彼なんだけど」

「だったらもっと使えない」リリーはそう言ってバーのスツールに腰かけた。「あれ、動かせる？」と丸っこい指でコーヒーマシンを指した。

動かせる。

「たっぷりのカプチーノにチョコレートを追加して。いくら？」

彼女はそこまで言うのが精いっぱいで、あとは悲痛な声をあげて泣きくずれた。ジュリアンが腕をまわそうとすると、それを振り払い、いっそう激しく泣いた。ジュリアンはチョコレートを追加したカプチーノをたっぷりついだが、リリーは手をつけなかった。ジュリアンがグラスの水を出すと、ようやくそれを飲んだ。

「サムはどこに？」ジュリアンは訊いた。

「ソフィおばさんのところ」

ソフィおばさんとは、昔リリーも世話になった聡明なスラブ人で、戦場のような顔をしている。

「エドワードは？」

リリーはまっすぐまえを見て、簡潔な文で話した。つなぎ合わせると次のようになる。

エドワードとデボラは別々の部屋で寝ていた。ほかのあらゆることと同じだ。リリーは亡くなった母をしばらく見つめたあと、廊下に出てエドワードを呼んだ。彼が寝室から出てこないので、ドアを叩いて「パパ、パパ、ママが死んだ」と言った。彼はひげを剃ったばかりだった。白檀のひげ剃り石鹸のにおいがした。いつ剃ったのだろう、と思った。頬に涙はなかった。彼はリリーを抱きしめた。リリーも抱き返した。リリーが彼の肩をつかんで揺すり、離れようとしても、彼は離さなかった。

リリーは両手でエドワードの顔を持ち、自分を見させた。彼は見ようとしなかった。彼の顔に浮かんでいたのは悲しみではなく、決意に近いものだった。リリーはそう思った。

「話さなければならないことがある、リリー、と彼は言った。話して、とあたしは言った。だからなんなの、パパ、早く話して！　彼は、今晩話すよ、リリー、と言った。夕食のときにはかならず家にいてほしいって。まるであたしが、ママが死んだ日の夜に何もかもほったらかして、くそディスコにでも行くみたいに」

「するといまは？」ジュリアンは訊いた。

「いまは車でいつものものすごく長い散歩に出かけてる」

〈ガリヴァーズ〉のスツールにそれから一時間ほど坐り、彼女はコーヒーマシンのうしろの横長の鏡に映った自分を、信じられないという感じで見たり、壁画にしかめ面をしながら、ひとりで喪に服していた。その間、ジュリアンはバーから離れてときどき彼女の様子を見ていたが、最後にのぞいたときにはリリーはおらず、チョコレートを追加したカプチーノが口をつけられないままカウンターに残っていた。

★

翌朝、リリーが戻ってきて、今度はサムもいっしょだった。

「エドワードはどうだった？」ジュリアンは訊いた。

「だいじょうぶ。どうして？」

「いや、ただ昨日の夜、彼と夕食デートをしたよね。話があるということで」

ぼんやりした表情になった。

「そうだっけ？　ああ、たしかにそんなこと言ってたわね」

「悪いことではなかったんだね。過激なことではなかった」

「過激？　どうしてそんな話になるの？」――父親と同じように、そんな質問をされたことに少し驚き、すぐに質問で返す。

そして断固たる〝立入禁止〟の合図。

「でなければ、エドワードはどんなふうにすごしている？」ジュリアンは明るく訊いた。話の方向を変えないようでいて、ほとんど変えながら。

「でなければ？」

「そう」

リリーは肩をすくめた。「自分だけの世界に閉じこもってるわ。ママの不可侵領域をうろうろして、何か手に取ったり、もとに戻したり」

「不可侵領域？」

「巣があったの。火災にも爆弾にもやられないし、泥棒にも家族にも入られない場所が。屋敷の半地下に。ママのためだけに整えられた場所」――やはりしぶしぶといった調子で。

「誰が整えた？」

「くそ秘密情報部（シークレット・サービス）よ。ほかに誰がいるの」

★

ほかに誰がいると思ったのだろう。

しばらくまえから、なんとなくそうではないかという気がしていた。あけすけに組織名を思い浮かべたわけではないが。リリーはついうっかり口にしてしまったのだろうか。それとも、詮索（せんさく）

を即座にやめさせるために、あえて言ったのだろうか。

訊こうとは思わなかった。彼女はエドワードの娘だ。秘密主義とは言わないまでも、寡黙なところはエドワードから大いに受け継いだ資質だろう。姉や妹がおらず、ひとり息子として大人になったジュリアンは、いかなる父と娘の関係についても、疑いと畏怖の入り混じった気持ちで見ずにはいられなかった。

リリーが父親と約束した話し合いについて口を閉ざすのであれば、今際の際の母親との会話についても同じくらい何も言わないだろう。それでもジュリアンは、どちらの会話もある意味で公式な機密だろうという印象につきまとわれた。その朝リリーが連絡してきて、今日は〈シルバービュー〉にいなければならないので店に行けないと言ったことから、その印象はさらに強まった。

「茶色のオーバーオールの男たちが来て、ママの壁に埋めこんだ金庫とか、コンピュータとか、なんでもかんでも運び出す」のに立ち会うのだという。

「男たちって、いったいどこの？」ジュリアンは素直に驚いて尋ねた。

「ママの男たちよ。しっかりして、ジュリアン！　ママの職場の人たち」

「彼女の特殊法人？」

「そう、それ。彼女の特殊法人。特殊法人から来た男たち。あたしの次の本のタイトルにする」

★

葬儀の手配が進みはじめたころ、ようやくリリーの最後の偽装が――もしそういうものだったとすれば――はがれ落ちる。場所は〈ガリヴァーズ〉。ひどい壁画があるにもかかわらず、リリーはここを現地司令本部にしている。デボラの死去から四日後のこと。カビ臭い階段に対するサムの恐怖は、ジュリアンが肩車をして〝偉大なデューク・オブ・ヨーク（童謡の登場人物）〟の一族のまえまで連れていったことで消えた。サムとマシューは最初から意気投合した。ときどきデボラの介護人だったミルトンがふらりと入ってきて、一同に手を振り、所在なげに床に坐ってサムと動物のジグソーパズルをする。ふたりはほとんどことばを交わさない。

しかし、この昼食時にはジュリアンとリリーとサムしかいない。サムは棚から子供の本をすべて取り出して床の上に広げている。ジュリアンはサンドイッチを買ってきたばかりで、リリーは携帯電話でまじめに話しこんでいる。

「ええ、わかった。オーケイ、オナー……もちろん……ええ、必要ならなんでも……」そして電話を切るが早いか――ことによると切るまえに――「この女、死ね！」

「この女って？　誰？」ジュリアンは気軽な口調で訊く。

「もう全部決まってるの。オナーに一任。こっちは何ひとつする必要がない。来週の明日。正午。そのあとは〈ロイヤル・ヘイヴン〉で愉（たの）しいパーティ。ママは土曜を希望してた。昔の部（サービス）の同僚が参列できるように。だから土曜」そのあと思い出して、「あ、そうだ、そう言えば、パパはあなたに花婿（はなむこ）付添人になってほしいって」

「何になるって？」

「棺を担ぐ人。よく知らないけど。あたしが手配してるわけじゃないし。パパでもない。だからややこしいの、わかる？」

「簡単だと言うつもりはないよ」

「ならけっこう」リリーのこの言い方は、彼女の父親というより母親に似ている。

「オナーというのは？」ジュリアンは訊く。すると驚いたことに、交戦モードだったリリーが急にしんみりとする。

「あたしたちはスパイ、でしょ？　ママはそう、パパもそう、で、あたしはふたりの仲介者」そこでまた怒りが湧き起こって、「もうくそ病気になりそう」と握った拳をステンレスのカウンターに叩きつけた。「ママはくそ人生のすべてを覆い隠して生きてた。戦没者追悼記念日にくそ勲章をつけることさえ許されなかった。なのに死んだとたん、彼らはママを王室用のくそ船に乗せてくそテムズ川に浮かべ、近衛旅団に『日暮れて四方は暗く』を演奏させようってわけ」

少しずつ残りのことも明らかになった。デボラの死後数時間もたたないうちに、オナーがリリーにまず携帯電話で、次にメールで自己紹介したようだった。オナーの専門は部の葬儀全般で、デボラの葬儀は、一門──彼女のことばだ──を集めるあいだ少し保留にしたいということだった。リリーはとりわけオナーの話し方を不快に感じ、喉にジャガイモが詰まったマーガレット・サッチャーになぞらえた。

オナーが一門を集め終わったというのが、いまの電話の内容だった。彼女の計算では、現役または引退後の部員と彼らのパートナーが五十から六十名、参列する。メニューCのカナッペと赤白のワイン、給仕スタッフ六名がついた、ひとり十九ポンドの会食の費用の三分の二を、部が喜んで支払う。幹部が最長十二分の告別の辞を述べる。

「その幹部には名前があるのかな？　それとも訊くべきではない？」ジュリアンはふざけて尋ねる。

「ハリー・ナイト」リリーは答え、オナーの口まねをする。「白馬の騎士の〝ナイト〟よ、ディア」

エドワードは？　オナーの差配でエドワードはどんな役割を果たすのか。

「パパは完全に蚊帳の外。彼にとって、ママが望んだことはなんでも了承なの。だから彼に訊かないで」――いつもの〝立入禁止〟の合図だ。

悲しんでいることを示すために、リリーは顔のまわりに巻いた『ドクトル・ジバゴ』のスカーフをぐいとまえに引き出し、正面からでなければ彼女だとわからないようにしている。

★

落ち着かない日々がのろのろとすぎた。午後、リリーとサムが公園の遊び場に行ったり、川沿いを散歩したりする日もあった。書店が閑なときには、ジュリアンもついていった。ときおり予告なしにソフィおばさんが現われて、サムとどこかへ出かけていった。ソフィは、リリーの説明によると「何かおかしな任務でパパと外国に行って働いていた」が、ジュリアンもくわしく訊くほど愚かではなかった。彼はエイヴォン一族とその子孫をひとまとまりで見ることを学びつつあった。彼らが秘密を共有しているという意味ではなく、互いの秘密に立ち入らないという意味で。自分の子供時代を振り返ると、そういう考え方にはなじみがあった。

　とはいえ、気づくまでにしばらくかかったものの、リリーは静かに沈黙の牢獄から出てきていた。

　夕刻の雨のあとの日差し。ジュリアンとリリーは手をつないで遊歩道を歩いている。リリーはおそらくデボラのことを考えているのだろう。サムとソフィおばさんが彼らのまえを歩いている。

「あたしが入居するまえ、ブルームズベリーの家は何だったか知ってる？」

売春宿？——もちろんふざけて。彼女は吹き出す。

「部（サービス）の隠れ家（セーフハウス）よ、馬鹿ね！　安全（セーフ）じゃなくなったから、彼らの好意でママが原価で譲り受けたの。それをあたしたちがもらった。すばらしいことだけど、一カ月のあいだ引っ越しはできなかった。なぜか？　さあ、当ててみて！」

湿気がひどかった？　ネズミが出た？　小切手が不渡りになった？

「掃除屋が青信号を出すまで待たなきゃならなかったから」

ジュリアンはまんまと罠にはまって彼女を喜ばせる。わざとだったかもしれない。

「ふつうの掃除じゃないわよ、馬鹿ね！　虫を取り除くの。あなたたちの言い方だと、電子盗聴器を。取りつけるほうじゃない。それはもうしてある。取りはずすの。一個ぐらい残しておいてくれないかと思った。それに汚いことばを吐けるから」

　しかしジュリアンをいちばん愉しい気分にさせるのは、リリーの笑い声と、腰にまわった彼女の手の感触だ。その手がまだそこにあるうちに、リリーはまた物思いに耽る。

「町の噂だと、デボラとエドワードはお祖父さんの染付のコレクションのことで仲違いしたという話だけど」ジュリアンは取り調べめいた質問になるのを覚悟で切り出す。

「初めて聞いた」リリーは肩をすくめる。「ママは見るのも嫌だと言って、保険を節約するために物置に入れてたわ」

　パパは？　訊かないのがいちばんだったが。

　ある人から聞いた話では、エドワードは引退後に中国の染付に情熱を注いでいた、とジュリアンが言うと――

「情熱？　パパは明のことなんてこれっぽっちも知らないわよ」リリーは鼻で笑う。

　両親の仲違いについてリリーが知っているのは、おもに当時家の手伝いをしていたソフィおばさんから聞いた話だけで、〝ママの巣〟で怒鳴り合いの喧嘩があったのだという。知る必要があるからといってエドワードがそこに入ることは、理屈上許されないことだったからだ。ただ、その話は眉唾物だとリリーは思っている。ソフィはつねに信頼できる情報源ではない。

「叫ぶとしたら、それはママ。パパは人生で一度も叫んだことがない。ソフィはパパがまちがいなくママを殴ったと考えてるけど、パパはそれもしない。だからたぶん、ママがパパを殴ったのよ。それか、殴ること自体がなかったか」

「きみはそこに入ったことがある？」

「巣に？　一度だけね。ほんのちょっと見てもいいわ、ダーリン、それ以上はだめ、と言われた。すごい、とあたしは言った。未決箱がある、赤い台の上に緑の電話がある、業務用の大きなコンピュータがある。ほかに何をするの、ママ？　敵からわたしたちの国を守るのよ、ダーリン。あなたもいつかそうしてほしい」

「それで、エドワードは？」ジュリアンは訊く。「彼は誰からぼくたちを守ってる？」

間ができる。どこまで話すか考えている。

「パパ？」

「そう、パパだ」

「特別な仕事。家族でランチに行ったときには、そうとしか言われなかった。だからママに訊いてみた。あたしが寄宿学校にいたころ、パパはボスニアで何をしてたの？　援助の仕事よ、ダーリン。それと、ちょっとしたあれこれ。何、そのくそあれこれって？　悪いことばは使わないで、ダーリン」

「パパには直接訊かなかった？」

「まあね」

★

秘密から自分を解放していく過程で、リリーがもっとも不穏な告白を最後まで取っておいたのは、ごく自然なことだったのだろう。

「ママはあたしに手紙を預けてロンドンまで届けさせた」〈フィッシャーマンズ・レスト〉でラガーを飲みながら、彼女は打ち明けた。「サウス・オードリー・ストリートのセーフハウス。ベルを三度鳴らして、プロクターを呼べ」

そこでジュリアンは、自分も彼女の母親のためではないが父親のために秘密の手紙を運んだことがあると応じてもよかった。だがそうしなかったのは、エドワードに固く約束したからというより、リリーのことを気遣ったからだった。デボラの葬儀を三日後に控えて、父親が名前のない美しい女性と長く交際していることをリリーに伝えるのは酷だ。

「ちなみに、彼にはその話をした。わかる？」リリーは挑発するように言った。「お母さんのために手紙を届けたのか？　ええ、届けた。プロクター宛ての手紙を？　ええ、そのとおり。なかに何が書かれているか知っていたのか？　知るわけないでしょ。プロクターも同じ質問をした。それで、彼はあたしをハグして、だいじょうぶと言った。あたしは正しいことをしたんだって。彼も」

「彼とはプロクター？」

「パパに決まってるでしょ！　そして火が入ったことのない応接間の暖炉のまえに立って、教皇みたいな祝福を与えてくれた。安心しなさい、ダーリン、ママは立派な女性だった、私はやるべきことをやった、ママと私が別の宇宙に住んでいたことだけが残念だって」

「彼のやるべきこととは？」

またしても扉が閉まった。

「パパとママはふたりで互いにちがう秘密を持ってただけ」リリーはぴしりと言った。

わが親愛なるジュリアン
丁寧（ていねい）なお悔（く）やみのことばに対する返事が遅れました。こういう困難な時期なので、どうかお赦（ゆる）しいただきたい。デボラの逝去（せいきょ）は、彼女を愛した人たちにとって大きな喪失になるでしょう。葬儀の手配という重荷をリリーと分かち合ってくださったことも感に堪えません。状況が許せば、本来私がすべきことでした。それはそれとして、可能でしたら明日の午後、気晴らしの散歩に一、二時間つき合っていただけませんか。天気はよさそうです。三時はどうでしょう。参考までに地図を同封します。

エドワード

「オーフォード?」たまたま目的地を告げたときに、マシューは地名をくり返した。「まあ、戦争地域が好きならいいけど」

★

晩春ならではの輝かしい一日。雨の予報だが、晴れ渡った青空にその気配はない。ジュリアンの時代がかったランドクルーザー――手放したポルシェほど愉しくはないが、本を運ぶのには重宝する――からは、生け垣の向こうで生まれたばかりの仔羊が初めてよろよろと世界に踏み出すのが見える。人の手が入った田園風景のなかを三十キロ以上走ってきたが、のどかな雰囲気を損なう家も人間もほとんど見かけなかった。ラッパスイセンや果樹の花は、父が追放されるまえのひなびた牧師館の記憶を呼び覚ます。

これからエドワードに会うと思うとほっとする。もう何日も、ボスニアの援助活動家、秘密の愛人、スパイにして、悔いのないやもめ男は幽霊のように彼につきまとい、ハムレットの父のように〈シルバービュー〉の薄暗い廊下を巡回し、自分の娘ともほとんど話さずに、ふらりと姿を消してどこかを出歩いていたからだ。

塔が三基ある古代の城が右手に見えてきた。衛星ナビシステムにしたがって、美しく整えられた村の広場に入り、傾斜路を河川港の埠頭までおりた。背の高い木々の影が落ちる、空っぽの広い駐車場があった。ジュリアンが駐車すると、その暗がりから新しいバージョンのエドワードが出てきた——緑の防水ジャケット、よれよれの帽子に登山靴をはいたアウトドアの男だ。

「エドワード、奥様のことは本当に残念です」ジュリアンは首を振りながら言った。

「ありがとう、ジュリアン」エドワードはどこか上の空で答えた。「デボラはあなたを高く評価していました」

彼らは歩きだした。ジュリアンにはマシューの怖ろしい警告は必要なかった。『土星の環』を果敢に読み終えていたからだ。どこへとも知れない辺境の地の寄る辺ない寂しさが想像できるようになっていた。漁師たちでさえそれが耐えられなくなることも。ふたりは歩道のゴミ箱の横を通りすぎ、ぐらぐらする木の階段をのぼり、ぬかるみとそこらじゅうにある船の残骸のあいだを縫うように進んで、ゴミが散らかった波止場に出た。

エドワードが左に曲がった。護岸堤防なので縦に並んで歩くしかなかった。石つぶてのような雨が海面で跳ねていた。エドワードがくるりと振り返った。

「ここは鳥類が多いことで有名なんです、じつは、ジュリアン」まるで自分の所有物を自慢するかのように言った。「タゲリ、ダイシャクシギ、サンカノゴイ、マキバタヒバリ、ソリハシセイタカシギ、もちろんカモも」本日のスペシャルを説明する給仕長さながら。「ほら、あそこ。ダイシャクシギがつがいの相手を呼んでいる。この先です」

ジュリアンは彼の腕の先を見はしたものの、何分かは地平線から目が離せなかった。そこには未来の大災害のあとの人類文明の廃墟があった——霧のなかから突き出しているアンテナの森、廃棄された格納庫、兵舎、収容施設や制御室。ゾウの脚のように太い柱を持った、原子爆弾のストレス試験用の建造物は、屋根が仏塔（パゴダ）のように反（そ）り返っているが、最悪の事態に備えて壁はない（爆発が生じた場合、屋根が下に落ちて爆風を抑えるようになっている）。そして足元には、指定された通り道から離れると不発弾があるかもしれないという警告。

「この地獄のような場所に心を動かされましたか、ジュリアン？」茫然（ぼうぜん）としている彼を見て、エドワードが尋ねた。「私もです」

「だからここに来るのですか？」

「ええ、そうです」エドワードはいつになくきっぱりと答え、ジュリアンの腕をつかんだ。それまで一度もしていなかったことだった。「しっかり聞いてください。いいですか？　さあ、鳥の鳴き声のほかに何が聞こえるか言ってみて」ジュリアンの耳になおいっそうの鳥の声と風のざわめきしか入っていないのを見て取ると、「イギリスの輝ける過去の砲声が聞こえませんか？　聞こえない？　砲声ですよ？」

「あなたには何が聞こえるんです？」ジュリアンは困って尋ね、エドワードの視線の厳しさをはぐらかそうと笑った。

「私？」――例のごとく質問されたことに驚いて。「われわれの輝ける未来の砲声です。ほかに何がありますか？」

ほかに何があるのだろう。ジュリアンは考えた。砂州（さす）の突端にたどり着き、エドワードがまた彼の腕を取って流木の仮のベンチまで導き、隣に坐ったので、なおさら考えることになった。

「これからしばらく、ふたりきりで話すことはなくなると思います」エドワードはいきなり言った。

「いったいどうして?」

「葬儀が終わると、多くのことが変わる。新たな命令がおりてくる。新たな生活を送らなければならない。私も永遠にあなたの店に寄生する客でいるわけにはいきません」

「寄生?」

「かわいそうなデボラがいなくなった以上、私には口実がなくなった」

「口実なんて必要ありませんよ、エドワード。いつでも歓迎します。ふたりですばらしい蔵書を作るところでしょう。忘れたんですか?」

「もちろん忘れていません。あなたは本当に親切だった。その親切心につけこんだことを恥ずかしく思いますが、あいにくどうしても必要だったのです」必要?「私たちの〈共和国〉の基盤はしっかりしている。あとはあなたの証明ずみの管理技術で立派に実を結ぶでしょう。もう私はよけいな存在だ。私の友人はあなたに好感を抱いていました」

「メアリーですか?」

「あなたが私を裏切る怖れはないと感じたそうです。だから安心して私の手紙への返事をあなたに託した。あなたは誠実な人だと言っていました。彼女は現実世界の酸いも甘いも嚙み分けた人です」

「彼女はいま無事ですか？」

「おかげさまで安全なところにいます。喜ばしいことに」

「よかった、メアリーが無事で」

「まさしく」

会話が途切れた。ジュリアンのほうは何を言えばいいのかわからず、エドワードのほうは考えに沈んでいたからだ。

「見たところ、あなたは私の娘に愛情を抱いている。あの喜怒哀楽の激しさにだまされているわけではありませんね？」

「だまされているように見えますか？」

「リリーは、親が言うのもなんですが、生来感情を隠すのが得意ではないので」

「ほかに隠すことがありすぎたのかもしれません」ジュリアンはあえて言ってみた。

「サムは邪魔にならない？」

「サム？　あの子は宝物ですよ」

「いつか世界を統べるでしょう」

「そう願いたいところです。彼女と結婚しろと言うつもりではありませんね？」

「おお、わが親愛なる友人、そんな致命的なことが言えるものですか」エドワードの顔にいっとき笑みが輝く。「リリーの愛情が置き去りにならないのを知って安心したかっただけです。あなたの話を聞いて安心しました」

「これからどこかへ行くのですか、エドワード。これはいったいなんなんです？」

エドワードの顔に一瞬、警戒の表情が浮かんだ？　ジュリアンはもう一度相手をちらりと見て、気のせいだったと確信した。エドワードの顔には奇妙な悲しみしか見て取れなかった。

「私はもう過去の人間です、ジュリアン。害はない。いつか機会があったら、私のことを好きなだけ論じられるようになります。そのことをあなたに伝えたかった。いかなる犠牲を払っても裏切ってはいけない人たちというのがいる。私はそのひとりではありません。あなたには何も要求しない。私はあなたの父上が大好きだった。さあ、握手しましょう。では。駐車場に戻ったら型どおりの別れの挨拶だけです」

まず力強い握手。そのあと衝動的な抱擁があった。片側だけの、他者に見られるまえに離れる抱擁だった。

11

　ジュリアンはデボラのために着替えをしていた。何週間もあいだをあけた二度目になるが、今回シティ時代のダークスーツを着ることに迷いはなかった。ひげ剃り用の鏡には、丘の上に誇らしげに立つ中世の教会が映っていた。尖塔には聖ジョージの半旗が翻っている。その下には古代の船乗りの墓場があり、伝説によれば、そこから彼らの魂が海に戻っていったという。

〝これまでの人生でずっと自分の種族の迷信にはしたがってきたし、埋葬もそのしきたりどおりにしてもらうつもり〟

　リリーの命令で、彼は十一時十五分に葬列に加わることになっていた。自分の父親の葬儀でも母親の葬儀でも、棺を担いだことはなかった。途中でつまずいて棺をひっくり返してしまうというおぞましい冗談が、リリーとの会話でたびたびくり返され、前夜の話題ももっぱらそれだった。

〝〈シルバービュー〉に行くと、肌がぞわっとする〟

エドワードは妻を愛するあまり、とても同席して彼女に話しかけることはできない。五分いたあと、部屋から出ていった。

サムでさえ静かになっていた。リリーが寝室へ連れていき、ようやく、本当にやっと、うとうとしはじめた。

愛してる、ジュールズ。おやすみなさい。

十分後、彼女は戻ってくる。というか、ショートメッセージを送ってくる。あるいは彼のほうから電話をかける。

激しい雨のあと、当日の夜明けにはきれいに晴れ上がった。ジュリアンはシティ時代の靴をはいていたが、歩くことにした。丘を登っていくと、町の住人だけでなく、オナーの予測した五十から六十名の現役または引退後の部員たちを呼び集めている教会の単調な鐘の音がだんだん大きくなった。教会に土で埋める資金がないため、駐車場は茶色の水たまりだらけだった。ここに車を駐(と)めれば足が濡れて靴が泥まみれになる。権威に従順そうな警官がふたり、到着した人たちに駐車禁止の黄色のラインは無視してくださいとしきりにうながしている。教会のポーチでは会葬者が挨拶(あいさつ)や抱擁(ほうよう)を交わしていた。スーツの男ふたりが式次第の紙を配り、枝を広げた糸杉の下では葬儀社の若者三人が粛々(しゅくしゅく)と雑用をこなしている。ジュリアンは黒ずくめのセリアに急襲された。彼女のすぐそばに、キャメルのコートにオレンジ色の豚革の手袋をはめた小柄な男がいた。

「あたしのバーナードにまだ会ってなかったでしょ、お若いミスター・ジュリアン？」セリアが棘のある声で言いながら、鋼のように冷たい視線で彼を射た。「あとでちょっと話がある。いい？」いったいなんだというのか。

図書館から来たボランティアの女性ふたりが彼を捕まえた。

「ひどいことじゃありません？」

ひどいことです、と彼は同意した。

次に来たのは精肉店のオリーと、彼のパートナーのジョージだった。

「どこかでリリーを見かけませんでしたか？」ジュリアンは訊いた。

「牧師と聖具保管室にいたよ」ジョージがすぐに答えた。

「あなたが書店主ね」背の高い気の強そうな女性が話しかけてきた。「デボラの妹のレズリーです。わたしもリリーを探しているの。この人はわたしの夫」

初めまして。

聖具保管室のドアは開いていた。大きな保管箱。壁にはイグサの十字架。子供のころ嗅いだ記憶のある香が焚かれているが、牧師もリリーもいない。先に進むと、大きなふたつの控え壁のあいだの雑草が生い茂ったところに彼女が立っていた。黒いクローシュ帽をかぶり、長いスカートをはいたヴィクトリア朝の孤児のように。彼女の足元には赤い花輪や切り花がこんもりと積まれていた。

「お墓のまわりに置いてと言ったのに」リリーは言った。

「そのあとは病院に送る。彼らにそう言った？」

「いいえ」

「ぼくが言っておく。少しは眠れた？」

「いいえ。ハグして」

ジュリアンはそうした。

「葬儀社は参列者に書いてもらった名前のシールがはがれたときのために、リストも作っておかないと。それも言っておく。サムはどこ？」

「ミルトンといる。麓（ふもと）の遊び場に。近くには置いておけないから」

「エドワードは？」

「教会のなか」

「なかで何を？」

「くそ壁を見つめてるわ」

「まだここにいたい？　それともみんなに加わる？」

「あなたのうしろ」

それは警告だった。背が高くラグビーでもやりそうな体格の男が、厳（いか）つい笑みを浮かべてジュリアンに接近していた。

「やあ、レジーと言います。デビーの仕事熱心な同僚です。あなたはジュリアン？　書店主の？

私も棺を担ぎます。よかった。ついてきてください」

数メートル離れたところに、あと四人のレジーと、シルクハットを腕に抱えた葬儀社の太った男が立って待っていた。無言の握手。どうも。どうも。葬儀社の男が、よろしければしばらく聞いていただきたいと要求する。

「では皆さん、まずご注意いただきたいことから始めます。何があっても、決して棺のハンドルには触れないように。もし触れると、はずれたハンドルを家に持ち帰ることになりかねません。故人の棺を一方の肩にのせ、もう一方の手で支えてください。私自身が進めの合図を出します。ないとは思いますが、不測の事態が生じた際にも、最後まで私がついておりますのでご心配なく。とくに三番目の敷石に気をつけてください。つまずかれるかたが多いので。では皆さん、何か気がかりなことがございますか？」

「ご家族は明日の朝、花を総合病院のほうへ送ってほしいそうです。それから名札のリストもお願いしたいと」ジュリアンは言った。

「ありがとうございます。すべて契約どおりに取り計らうことになっています。ほかにご質問は？　ないようでしたら、ポーチに移動して霊柩車（れいきゅうしゃ）の到着を待ちましょう」

年配の女性がジュリアンのまえにいきなり現われて抱きついた。

「気づいた？　F7（保安局〔MI5〕の政治的過激主義者を監視する部門）の人たちが全員来てる！」彼女は勢いこんで報告した。「ぜったいお葬式に出ない人たちまで。ほんと信じられない！」

「じつにすばらしい」ジュリアンは同意して人ちがいをやりすごした。

★

三番目の敷石に注意し、旅人ひとりにつき手をひとつ、彼女の体重の六分の一を右肩に担いでゆっくりと身廊（しんろう）を進みながら、ジュリアンは集まった人々の顔ぶれを確認する。まずリリー。北側の会衆席の一列目左にいて、隣が父親だ。エドワードは上品なスーツの両肩と白髪の後頭部しか見えない。

オナーの五十から六十名の代表団はおそらく二グループに分かれている。過去の部員は中央の席のまえのほう、現在の部員は、見ることはできても見られることはない南側の席のうしろのほう。偶然か？　それとも部（サービス）の案内役による巧妙な配置か？　ジュリアンは後者だろうと思う。

深紅の祭壇の両側に果樹材の彫刻の天使がひざまずいている。そのまえに棺台がある。葬儀社の男が「おろして」とささやき声で命令し、デボラ・エイヴォンの遺体を納めた生分解（せいぶんかい）可能な棺は無事、台の上におろされる。ジュリアンは屈みながら、棺の蓋（ふた）を飾る赤いバラのなかに緑のリボンのついた金色の勲章が埋もれているのを見る。鏡に映った禿頭（はげあたま）のオルガニストが死者を悼（いた）むボランタリー（イングランド国教会の礼拝で用いられる自由なスタイルのオルガン曲）を奏ではじめる。ジュリアンは仲間の担ぎ手たちと会衆席に戻り、リリーの横に坐る。手袋をはめたリリーの手がジュリアンの手を見つけ、そのなかで丸まり、いつものように心地よく落ち着く。彼女は「ああ（ジーザス）」とつぶやき、眼を閉じる。その向こうでエドワードが茫然（ぼうぜん）とまえを見つめ、顎（あご）を持ち上げて胸を張っている。すぐそこに銃殺隊がいるかのように。

★

クローシュ帽と黒いスカートのリリーは、聖書台で小さく寄る辺なく見える。母親の選んだキプリングの詩を読んでいるが、珍しく弱々しい声は会衆席の二、三列目までしか届かない。いきなり激しく鳴りだしたオルガン曲を合図に、現役または引退後の部員と彼らのパートナー五十から六十名がいっせいに立ち上がる。町の人々がばらばらとそのあとに続く。日夜の努力で巡礼者になることを誓う讃美歌のユニゾンが轟（とどろ）いて、教会のドーム屋根が震える。次第に音楽が消え、ハリー・ナイトが説教壇に立つ。

名前はなんであれ、ハリーは完璧に適任だ。かくあれかしという部（サービス）の姿をすべて体現している。率直で健康的、まっすぐ人に接する。かすかに清廉潔白な雰囲気も漂う。両手をつねに見えるところに出していて、メモも用意せずに流暢（りゅうちょう）に話す。

デボラのまれに見る美徳とウィット。

母親を早くに失った悲しみ。

兵士で学者、美術品蒐集家（しゅうしゅうか）、慈善家の父親の薫陶（くんとう）を受けて育ったことの幸せ。

母国を愛する心。

自身のことより任務を優先させる決意。

家族に向けた愛情と、献身的な夫から引き出した支援。

類いまれな語学の才能。曇りなき知性。傑出した分析力。

何よりも仕事に注（そそ）いだ愛情。部（サービス）に注いだ愛情。

町の人々は、ある種の委員会で働いていたことぐらいしか知らない縁遠い女性に、どうしてこれほど異例の才能があったのだろうと自問しているだろうか？　していないようだ。彼らの満足げな表情に困惑の色は見て取れない。親愛なるデボラが長年休むことなく貢献してきた上流企業のチーフからの直々（じきじき）のメッセージをハリー・ナイトが読み上げても、人々はぼんやりと感心するだけだ。

また別の讃美歌。

終わりなき祈り。

ジュリアンの子供時代の思い出がどっと甦る。

牧師はリボンつきの勲章をずらりと飾っている。地元の英雄なのだろうか。それともハリー・ナイトやオナーと同じ系統で働いているとか？　本日のコレクションはイングランド国教会の使節団の国外活動を支援して与えられた勲章らしい。ボランティアの負担を減らすために、参列の皆さんはおのおの退出時に讃美歌集と詩篇集をご自身のまえの下の棚にそろえて置いていただけますか？　すぐに埋葬となりますが、ご家族と招待されたかたがただけでお願いいたします。残りの皆さんは丘を二百メートルおりた先の〈ロイヤル・ヘイヴン・ホテル〉までご移動を。食物アレルギーをお持ちのかたは、どうぞ給仕スタッフにお知らせください。ホテルにはお体の不自由なかたのための設備もございます。オルガンが物憂げな失意の雰囲気を高めるなか、ジュリアンとほかの担ぎ手はまた棺のまわりの位置につき、葬儀社の太った男の先導で、待ち受ける霊柩車までゆっくり進んでいく。棺のあとから車に乗って所在なく坐っていると、車は補修工事の場所をよけながら赤土の道を下っていく。牧師と五、六人の家族が先にバスで到着している。棺の担ぎ手たちがおりる。葬儀社の若者たちが棺を車の外に出し、担ぎ手がまた所定の位置につく。リリーとエドワードが墓穴の端から数メートルうしろに立っている。リリーはエドワードの腕にしがみつき、両手の指がつながって白くなっている。自分がいることを父親に思い出させるように、彼の肩に頭をもたせかけている。

ママはパパに、お墓に来てほしくないって伝えたんだって。だから、パパが行かないならあたしも行かないって言ってやった。まったくあのふたり、お互い何をし合ってたんだろうね、ジュールズ。この日の朝、リリーが彼の携帯電話にかけてきて眠そうな声であきれていた。

葬儀社の太った男の一連の命令で六人の担ぎ手は止まり、次の指示を待ち、ゆっくりと棺を肩からおろし――ここがいちばん危ない――手に持ち替えて、墓穴の細長い木の板を並べた上にそっとのせる。担ぎ手はみなで綱をつかみ、若者たちが板をはずしたあとで、デボラを永眠場所に安置する。

「すばらしい葬儀でした」丘を〈ロイヤル・ヘイヴン〉におりていく途中で、レジーがジュリアンの横に並んで言う。「まさに彼女にふさわしい。気の毒なエドワードもよく耐えている。そう思いませんか？　いろいろな状況を考えると」

いろいろな状況とは？　とジュリアンは考える。

★

みなすでにホテルにそろっていて、あとは家族の到着を待つばかりだった。

「もっとまえにご挨拶すべきだったが、いまになってしまった」ハリー・ナイトがジュリアンと握手しながら申しわけなさそうに言った。

ジュリアンが名前を告げると、「ああ、もちろん知っています！　エドワードの友人、家族の友人ですね。あなたがいてよかった」

「わたしはオナーです」淡い紫のショールをかけた、感じのいい控えめな女性が言った。「リリーから、あなたがとても親切に支えてくれたと聞いています」

集会室の遠い隅に町の人々が集まっていた。そのなかからセリアが歩いてきた。すぐそばにはキャメルのコートのバーナードがいた。

「少し時間があるなら、若きミスター・ジュリアン、小声で話したいことがあるんだけど」セリアはあまり親しげでない態度で彼の腕をつかんだ。「さあ教えて。あんた、誰と話してた？」

「いまですか？」

「いまですか、じゃない。あたしのグランド・コレクションと、副業で受け取ってた内々の報酬について誰にぺらぺらしゃべったの？」

「セリア、ありえない。どうしてぼくが誰かにしゃべらなくちゃいけないんです」

「リッチなシティの友人たちは？　話を聞いてみると言ってたよね」

「何か情報が入ったらあなたに知らせるという約束だったはずです。何も情報は入ってませんよ。ぼくのほうからは誰にも言ってない。これで満足しました？」

「国税調査官は満足しない。それは無料で教えてあげるよ。あたしの店に重装備の暴徒みたいに押し入ってきて、〝ミセス・メリデュー、あなたが長年不申告の染付の取引で秘密裡に委託料を得ていたと信じるに足る理由がある。よって、ただちにこちらの帳簿とコンピュータを押収させてもらう〟だって。あんたじゃないなら、いったい誰があいつらに知らせたの？　テディじゃない。彼はそんなことしない」

ネズミのような顔のバーナードがセリアの肩越しに現われた。

「とにかく警察に行けと言ったんですよ。そうだな？　だが彼女は行こうとしない」不満げだった。「警察だけは行かない、この人は。だろう？」

人の波が静かに動いて、ようやく家族の到着を告げる。エドワードはまだリリーと腕を組んでいる。彼女のほうに進もうとしたジュリアンは、それまで話し相手のいない客たちに魅力を振りまいていた活動熱心なレジーに、またしても行く手を阻まれた。

「ちょっとつき合ってもらえませんか、ジュリアン？」

すでにそうしていた。彼らは厨房（ちゅうぼう）の手前の奥まったところに立っていた。給仕スタッフがワインとカナッペのトレイを手にすぐ横を通っていく。

「私の上司があなたと非常に話したがっていまして」レジーは言った。「いますぐそうしたいらしいのです、勝手ながら」

「何を話すんですか？」

「領土の安全保障について。彼はあなたのことを調査し、とても高く評価している。ポール・オーヴァーストランドという名前に心あたりは？」

「最初にシティで雇ってくれた人ですが、どうして？」

「ポールがよろしくとのことでした。それから、かつてあなたが勤めた会社の取締役、ジェリー・シーマン？」

「彼がどうしました？」

「あなたは困ったやつだが、心はあるべき場所にあると言っていました。カーター・ストリートの角を曲がったところに車を駐（と）めています。黒のBMWで、フロントガラスに赤いKのマークがついている。わかりました？　カーター・ストリート、黒のBMW、フロントガラスに赤いK。私が先に出ますから、五分後についてきてください。マシューが心臓発作を起こしかけているとかなんとか、適当な口実を残して」

商売人、スパイ、地元の貴族が親交を深めていた。エドワードとリリーが部屋の入口に立ち、リリーはグラスを持った手を広げて誰彼なく抱きしめ、エドワードは黙って背筋を伸ばし、差し出されたすべての手を握っていた。現役または引退後の部員のなかで、彼の知り合いは数えるほどしかいないようだった。

「彼らから話があると言われた」ジュリアンはリリーを脇に呼んで言った。「くだらない口実を考えろだとさ。それより、そっといなくなることにする。できるだけ早く電話するよ」

そして、ふと思いついたように――

「お父さんには言わないほうがいいと思う」

通りに出るなり、棺のほかの担ぎ手ふたりがジュリアンを出迎えて、カーター・ストリートまでの五十メートルをぴたりと横についてきた。黒いBMWが駐車禁止の黄色の二重線の上に駐まっていた。十メートル先に警官がひとり立ち、きまじめにそっぽを向いていた。レジーが運転席にいる。BMWのうしろには緑のフォードが駐まっていた。BMWが発進すると、緑のフォードも路肩から出てついてきた。運転席と助手席に棺の担ぎ手ふたりが坐っている。ほどなく彼らは広々とした田園風景のなかを走っていた。

「彼の名前はなんですか?」ジュリアンは訊いた。

「彼とは?」

「あなたの上司です」

「スミス、としておきましょう。いま携帯電話を持っていますか？」

「なぜ？」

「預かってもかまいませんか？」——左手を差し出して。「会社の決まりでして。終わったあとで返します」

「あなたにとって何も変わらないなら、持っておきたいのですが」ジュリアンは言った。

方向指示器を左に出して、レジーはすぐそばにあった駐車場に入った。緑のフォードもあとに続いた。

「もう一度くり返しますか？」レジーが言った。

ジュリアンは携帯電話を手渡した。彼らは幹線道路を離れ、狭くて人も車もいない道を走った。空が暗くなっていた。大粒の雨がフロントガラスに打ちつけた。右側に未舗装の道があり、〝販売中〟の立て札に〝売却済〟の表示が貼られていた。緑のフォードをしたがえて、穴ぼこで跳ねながら進み、荒れ果てた広い開拓地に入った。屋根の一部が藁葺（わらぶ）きの納屋と、労働者の住む朽ちかけた小屋が並んでいる中央に、表の鎧（よろい）張りの板がはがれかけた廃屋のような農家の家屋があり、頼りない雨よけの下にあらゆる種類の乗り物がずらりと駐まっていた。ふつうの乗用車や観光バスから、オートバイ、自転車、原動機つき自転車（モペッド）、ベビーカーまで。なかでもジュリアンの目を惹（ひ）いたのは、くたびれた白いバンだった。勘ちがいでなければ、〈シルバービュー〉に至る小径（こみち）

の入口に熱愛中の恋人たちを乗せて駐まっていた、まさにあのバンだ。

そしてあちこちで、乗り物と同じくらい多種多様な人々が小屋を出入りしたり、車やバイクをいじったりしていた。中年のカップルもいれば、バックパッカーや制服の郵便配達員、子連れの母親までいる。とはいえ、ジュリアンが驚いたのはむしろ彼ら全体の平凡な様子と、レジーに連れられて家屋のほうへ進んでも誰ひとり振り向かないことだった。地味なグレーのスーツを着た細身の男が、ドアのまえの壊れた階段をそろそろと慎重におりてきて、困ったような笑みを浮かべ、歓迎の手を差し出した。

「ジュリアン、初めまして。スチュアート・プロクターと言います。誘拐するような恰好になってしまい申しわけない。しかし、これはある意味で国の緊急事態なのです」

★

ジュリアンが無言だったとしても、それはことばを失ったからでも、憤(いきどお)っていたからでもなく、気づけばもう何日も、いや何週間もある種の解決を待っていたことに、いまさらながら気づいたからだった。レジーは家の入口で立ったまま入ってこなかった。プロクターは暗くなってきた家のなかを、旧式の銀色の懐中電灯で照らしながら先に立って歩き、割れたタイルやむき出しの継ぎ目をまたぎ、ガラスが砕けたフランス窓を通り抜けて、雑草の伸びた丸い庭に出た。そのまんなかに木造のサマーハウスがあり、ドアが開いていた。長い草のあいだを通る小径がある。

天井からさがったオイルランプに火が入っていた。セラミックのテーブルの上にスコッチと氷、炭酸水、タンブラーがふたつ。

「よほどまずいことにならないかぎり、せいぜい数時間ですみます」プロクターはグラスにウイスキーを注ぎ、ひとつをジュリアンに渡しながら告げた。「そのあと、あなたをまた町にお連れします。話の主題は、ご想像がつくでしょうが、エドワード・エイヴォンです。公式には極秘以上に分類される情報です。まず、よろしければここに署名してください。そして今後永遠に口外しないように」と印刷した書式を差し出し、スーツの内ポケットからボールペンを取った。

「よろしくなければ？」ジュリアンは訊いた。

「かなり面倒なことになります。女王の敵を励まし、支援した疑いであなたを逮捕することになる。証拠は地下室のコンピュータ。あなたたちは結託し、共謀し、計画した。古典のコレクションを隠れ蓑にして。彼らはおそらくマシューも従犯で逮捕したがるでしょう。だから署名したほうがいい。あなたの協力が必要なんです」

ジュリアンはペンを取り、肩をすくめて、書式に書いてあることを読まずに署名した。

「もっと驚くかと思っていましたが、そうでもないようだ」プロクターはペンを回収して書類をたたみ、ポケットに入れながら言った。「怪しいと思っていたのですか？」

「何をです？」

「中国の貴重な染付についてエドワードと話し合ったことがありますか？」

「ありません」

「かつて〈シルバービュー〉にコレクションがあったのです」

「そのようですね」

「アムステルダム装飾(ボント)と聞いて、何か心あたりは？」

「まったくありません」

「バタヴィア・ウェアは？」

「それもまったく」

「伊万里(いまり)は？　水瓶(ケンディ)？　クラーク磁器？　どれもないようだ。では、これらや類似の専門用語があなたのコンピュータから大量に発信されていたという事実に驚かれますか？　その後みな二重に消去されていたけれど」

「驚きます」

「しかしおそらく、あなたの〈文学の共和国〉と〈セリア骨董店(こっとうてん)〉に、中国のきわめて貴重な磁器という共通項があったことには驚かない？」

「ええ、もう驚きません」ジュリアンは無表情で答えた。

「少し明るい話をすれば、彼の娘のリリーのことを、私もあなたも親身になって心配している。彼女が潔白であることはふたりとも知っているので」

「先をどうぞ」

「エドワード・エイヴォンに聖域とコンピュータと隠れ蓑を提供したこと以外に、彼に特別な便宜を図ったことはありませんか？　彼のために使い走りをしたとか――いま振り返ると、もしかしたらあれは、というような――言うなれば、少し広い文脈で見て？」

「なぜぼくがそんなことをしなきゃいけないんです？」

「なぜというのはまた別の質問だ。ちがいますか？　じつを言うと、あなたが朝のランニングに出ているあいだに、アパートメントを捜索させてもらったのですが、こんなものが――」とジュリアンのポケット手帳の写真のコピーを渡した。「今年の四月十八日のページを見ると、ロンドンの小型タクシーの登録ナンバーを書き留めていますね。わかります？」

わかる。

「同じページに列車の時刻も書かれている。イプスウィッチからLS、午前七時四十五分。LSというのはリヴァプール・ストリートでしょうな。この日、ロンドンに行きました？」

「これを見るかぎり、行ったようです」

「〝ようです〟ではない。おそらく善意から志願したんでしょう。あなたがナンバーを書き留めた小型タクシーは――〝なぜ〟の問題はこのあとすぐに取り上げます――請求書払いでした。ウェスト・エンドの得意客のいる建物から女性をひとり乗せ、ベルサイズ・パークまで行って、彼女が用事をすませるのを二十七分待ち、またウェスト・エンドへ送り届けました。ご参考までに、代金を支払ったのはグリーン・ストリートのアラブ連盟です。待ち時間とチップを含めて、七十四ポンド。彼女は誰ですか?」

「知りません」

「どこで彼女と会ったのですか?」

「ベルサイズ・パークの〈エブリマン・シネマ〉です」

「運転手の話と一致しています。そしてそこから?」

「隣のカフェに。ブラッセリーです」

「それも一致している。エドワードの依頼で会ったのですね?」

うなずく。

「その日、あなた自身の用事はあったのですか?」

「ありませんでした」

「つまり、エドワードに依頼され、彼女と会うためだけにロンドンに出かけた。親切心から。直前に頼まれて。そういうことですか?」

「頼まれた次の日に行きました」

「それほどの緊急事態だった——彼にとって?」

「ええ」

「なぜです?　エドワードは説明しましたか?」

「緊急の用事だ、彼女とは昔からの知り合いで、人生において大切な人だ、自分にとって重大な案件なのだ、と。彼の奥さんは重篤だったし、ぼくは彼に好感を持っていた。いまもそうです」

「しかし、彼の人生でその女性がどういう役割を果たしているか、あるいは果たしてきたかについては、何もほのめかさなかった？」

「彼女にとにかく夢中だという印象を受けました」

「彼女の名前は？」

「教えてくれなかった。とりあえずメアリーと」

プロクターは驚いていないようだった。

「なぜそこまで緊急なのか、理由は説明しましたか？」

「こちらからも訊かなかったし、説明もありませんでした」

「手紙の内容については？　その目的とか、書かれていることについて？」

「まえに同じ」

「どこかの時点で、読んでみようという誘惑に駆られませんでしたか？　駆られなかった。けっこう」

なぜけっこう？　ボーイスカウト的に立派ということか？　プロクターの表情から見て、そのようだ。

「だが、あなたの言うメアリーは、あなたの目のまえでその手紙を読んだ。ちなみに、ウェイトレスの証言によればです。あなたはチップをはずんだ」

「メアリーは読みましたが、ぼくは読まなかった」

「長い手紙でしたか？」

「ウェイトレスはどう言ってます？」

「あなたはどうです？」

「エドワードの手書きで六ページ分。だいたいそのくらいです」

「それで、あなたは急いで便箋を買ってきて、彼女のまえに置いた。セロハンテープも。そのあとは？」

「彼女が手紙を書きました」

「それも読まなかったんでしょうね、たぶん。宛名はエドワードだった」

「宛名は書きませんでした。たんに何も書いていない封筒を差し出して、彼に渡してと言っただけで」

「どうして彼女の車のナンバーを控えたのですか？」

「衝動的に。彼女は印象的でした。ある意味で特別な感じがして。彼女のことをもっと知りたかったのだと思います」

「あなたの手帳の左側のページを見ると――全体が四月十七日のところですが――あなたの字でメモがとってある。イプスウィッチに帰る途中で書いたのではないかな。ほら、ここに」

ジュリアンは見ていた。

「このメモには〝わたしは健康で、落ち着いていて、心穏やか〟とある。これは誰のことばですか？」

「メアリーです」

「メアリーがあなたに言った？」

「ええ」

「おそらくは、彼女自身について」

「おそらく」

「これをどうするつもりだったのですか？」

「エドワードに伝えるつもりでした。彼が喜ぶだろうということで。実際に喜びました。大いに。彼女はきれいだったということも伝えました。これもすごく喜んでいました。本当にきれいでしたから」ジュリアンは奥深くにあった考えを呼び起こしてつけ加えた。

「このくらいですか？」プロクターは椅子の下から写真アルバムを取り出して開き、セラミックのテーブル越しにジュリアンに見せて訊いた。

ヒョウ革のコートを着た脚の長いブロンドの女性が、リムジンから外に出るところだった。

「もっときれいでした」――アルバムを相手に戻しながら。

「これは？」――またそれを差し出しながら。

数年前のメアリー。首のまわりに白黒のケフィエをまとったメアリー。戸外の演壇に立ち、アラブ人の群衆のまえで演説をしているメアリー。拳を突き上げて幸せそうなメアリー。群衆は祝福している。多くの国の旗。ひときわ目立つのはパレスチナの旗。

「彼女は安全なところにいる、エドワードはそう言っていました」

「それはいつ？」

「数日前。オーフォードを散歩しながら。彼はそこへ行くのが好きなのです」

また沈黙。

「リリーにはどう言います？」プロクターが訊いた。

「何について？」

「いま私たちが話したことについて。あなたが見たものについて。彼女の父親が何者であるか、あるいは何者だったかについて」

「さっき署名して人生を差し出したわけでしょう？　彼女に何を話せというんです」

「しかし話すでしょう。さあ、何を話します？」

ジュリアンもしばらくまえから自分に同じ質問をしていた。

「いずれにせよ、エドワード自身がかなり彼女に話していると思います」彼は言った。

★

ジュリアンはリリーに書店の鍵を渡していたのを忘れていた。そこに彼の住まいの鍵がついていたことも。だから部屋の明かりをつけたときに、彼女が裸でベッドに横たわっていることを受け入れるのに少し時間がかかった。彼女は夢ではなく、溺れる女性のように彼のほうへ手を伸ばしていた。両頬に涙が流れていた。

「そろそろいま生きている人間に敬意を払わなきゃと思ったの」しばらくたって、リリーが彼に打ち明けた。

12

「ついにきみも部(サービス)のジャガーの後部座席に乗ったわけだ」バッテンビーが眼の半分をプロクターに、残り半分をプロクターからは見えないコンピュータの画面に向けて言った。「初体験だったにちがいない」考えながら同じ無表情な声で言った。

「気を失うほどの怖さでしたよ」プロクターは告白した。「A12で百七十キロ出すんですから、あきれたことに。私の柄じゃない」

「子供たちは元気かな？」バッテンビーは訊いた——またコンピュータに触れる。

「大いに、おかげさまで、クエンティン。そちらのご家族は？」

「ああ、みな上々だよ」——また触れる。「ああ、テリーザがいまエレベーターで上がってくる。いろいろ意見を聞いていたようだ」

「なるほど」プロクターは言った。

どこの意見を？　部（サービス）の法務課の恐るべき課長、いかなる反論も認めないテリーザが、戦いのために武装して最上階へやってくる。

彼らは最上階にあるバッテンビーのオフィスにふたりきりでいた。バッテンビーは何も置いていない机について坐り、プロクターは腰をおろすと軋（きし）む黒い革の肘（ひじ）掛け椅子に坐っている。壁は上級幹部にふさわしい木目（もくめ）を生かしたニレの美しい板張りで、弱めの光に浮かび上がる黒い節目は弾痕のように見えた。

クエンティン・バッテンビーは中年の働き盛りだ。プロクターが知り合ってからずっとこの地位にいる。うしろに梳（と）かしつけたブロンドの髪にようやく白髪（しらが）が交じりはじめた。地味な映画スターのような風貌。高級スーツを着て、決して上着を脱がない。いまも脱いでいない。押し出しのいい妻を手なずけているか、彼女に手なずけられている。その妻は部（サービス）の各部門で働く全員の名前を知っているが、めったに姿を見せない。テムズ川の対岸に単身用アパートメント。セント・オールバンズに別の名前で家族と住む家。政治には無関心だが、今後も正しくカードを切り、保守党が次の選挙で勝てば、次の部長候補と言われている。部（サービス）内に親しい友人がいないので、身近な敵もいない。国会のインテリジェンス・安全保障委員会でのふるまいは一流。情報機関を監視する委員たちは彼の手から直接餌（えさ）をもらっている。

これがバッテンビーに関する一般常識のすべてではないかもしれないが、彼の二十五年来のランニング仲間であるプロクターもつけ加えることはほとんどなかった。プロクターにとって、バッテンビーの天上界への昇進は、知り合って以来の謎だった。ふたりは同い年で、新兵として採用された年も同じだ。同じ研修を受け、同じ作戦で肩を並べ、同じ任用や昇進で競い合ったのに、なぜかバッテンビーは徐々に、そしてつねに楽々とプロクターの先を行っていた。差が大きく開いたのは最近だが、いまやプロクターは国内保安であくせく働き、その職からもほどなく退く立場、一方のバッテンビーは持ち前の単調な声と手入れの行き届いた無難な手で、黄金の王冠をつかもうとしている。大きな声では言えないが、それはプロクターが実際の仕事をすることに時間を割いていたからだ。

「開けてもらえる、スチュアート？」

プロクターは素直にしたがって、ドアを開けた。背が高く堂々とした黒いパワースーツ（権力や成功を象徴する高価で力強いデザインのスーツ）のテリーザが、大股で入ってきた。抱えた薄茶色のフォルダーの表紙には大きな緑の×印がついている。部でもっとも強力な〝立入禁止〟のシンボルだ。

「これで全員よね、クエンティン？」彼女は断わりもなくもう一脚の肘掛け椅子に坐り、足を組みやすいように黒いスカートを持ち上げながら問い質した。

「そうだ」とバッテンビー。

「ならよかった。ついでに訊くと、この会話を録音したり、ほかの小細工を弄したりしてないでしょうね。誰も？」

「その心配もまったくない」

「掃除の人たちが妙なものを残していない？　手ちがいでも？　ここじゃ何があってもおかしくないから」

「しっかり調べた」バッテンビーは言った。「われわれはここにいない。スチュアート。情報更新の時間だ。心の準備はいいかな？」

「準備が必要よ、スチュアート。言っとくけど、ドアの外ではオオカミたちが待ち構えている。わたしは夜明けまでにここから彼らに返事をしなきゃならない。この上なくすばらしいエレンはどうしてる？　まだダンスであなたをリードしてればいいけど？」

「おかげさまで意気軒昂（けんこう）です」

「そういう人がいるのは心の慰めね」――長い腕を伸ばして、緑の×印のついたフォルダーをバッテンビーの机に落とす。「なぜって、これからわたしたちが見るのは、過去に例のない五つ星級のくその塊だから」

★

もっとのんびりした状況なら、プロクターはこの数週間で知ることになったエドワード・エイヴォンの描写から始めていただろう――単細胞で、人がよすぎ、生まれたときから傷ついていて、場合によっては強情、明らかにロマンチックな熱情に恵まれすぎているが、いかなるときにも模範的に忠実なトップ要員。われわれのために冷戦を戦い、ボスニアに送られて、悪夢のような出来事でまちがった道に進むまで誠心誠意働いた。しかし、まわりに聴衆はいないし、情状酌量を願い出るときでもなかった。酌量は事実のみがもたらす。プロクターはそこをめざして話しはじめた。

「第二次イラク戦争のまえにデボラのシンクタンクがおこなった無茶な提案を、あなたがどのくらい知っているかわかりませんが、どうです、クエンティン？」

「なぜそんなことを？」バッテンビーは訊いて、プロクターを混乱させた。

「身の毛がよだつ代物（しろもの）だった。そう言いたかっただけです。われわれから最高の情報を仕入れていたのに、まっとうな現実感覚より政治認識に動かされて作成したように思われた。イスラム教国の首都を同時爆撃し、ガザとレバノン南部をイスラエルに贈呈し、国の首長たちを狙った暗殺計画を立て、国際的な傭兵からなる秘密軍を結成して偽りの旗を掲げさせ、われわれが嫌う人々の名のもとに地域に紛争の種をまき──」

テリーザはもう充分聞いた。

「完全に頭のいかれた計画よね。疑う人がいる？」とじれったそうに割りこんだ。「大事なポイントは、スチュアート、その危険なでたらめが権力の回廊に売りこまれていたときに、デボラ・エイヴォンがあなたに連絡をとって、愛する夫が彼女の金庫室を嗅（か）ぎまわっていると、なかば秘密裡に──それがどういう意味であれ──あなたに告げたことでしょう。彼女の意見では、夫が貪るように読むものを探しているということだった。ところがあなたはそれを突っぱね、彼女の資料に、病気と過労の影響でベッドの下にいもしない敵を見ているという、気のないメモをくっつけた。これじゃどんな公聴会でもかなりの説明が必要ね」

　プロクターはこの瞬間に備えていたので、それなりに勇ましく応じた。

「フロリアンとデボラは、誰がドアの鍵をかけわすれたのかということで言い争っていたんです、テリーザ。結局その答えは出なかった。私が報告に書いたとおり、デボラは消耗していたし、フロリアンは一日じゅう飲んでいたから――」

「それは書いてなかったわ」

「妻であれ、ほかの人間であれ、誰かに対して彼がスパイ行為を働いているという証拠は、どんな情報源からも得られなかった。私も国内保安の責任者として夫婦喧嘩(げんか)の仲裁に入るつもりはなかった」

「で、〈衝撃と畏怖(ショック・アンド・オー)〉のまっただなかでフロリアンが馬鹿みたいに飲んでいたのはなぜか、自分の胸にちょっとでも問いかけてみようとは思わなかったのね?」テリーザは責任追及の手をゆるめなかった。

「思いませんでした」

「ありがとう」

　バッテンビーはいつもの無頓着(むとんちゃく)な口調で、どうしてこの件についてチェルトナムの政府通信本部(GCHQ)がここまで無能だったのか知りたがった。

「十年かそれ以上の年月を客観的に分析すればわかる話だが」と非難がましくつけ加えた。「事態がそこまでひどくなったら、その責任は彼らのほうがわれわれより重いんじゃないかな。どうだね、法律的に見て、テリーザ？　組織間の対立はまあ、考えないことにしよう。それはもう過去の話だ。誰も異は唱えないだろう？」

「今朝、彼らの大賢者と話をしたら、チェルトナムはいっさいかかわっていないって。これはあくまでわたしたちの問題であって、彼らはこちらからなんの説明も受けていないし、状況もわからず、何か怪しいことがおこなわれていると感じる理由もなかった。ありふれた〝オレンジは何？〟の議論よ。テロリストにとって一トンのオレンジは一トンの手榴弾かもしれないけれど、青果店にとってはただの一トンのオレンジ。中国の染付にもまったく同じことが言える。業者から業者へのふつうの商業的取引だから、チェルトナムにすれば、ほかの誰が盗聴しようが、業者の民族や所属政治団体がなんだろうが、知ったことではない――少なくとも先週まではね。ただ、それは議論その一にすぎない」テリーザはバッテンビーが手を上げたのを無視して続けた。「議論がふたつあるときに、ひとつでは満足しないのがチェルトナムだから。議論その二は、使われた暗号にしろ、ほかの隠匿手段にしろ、彼らのレーダーにはとうてい引っかからないような、九歳児でもひと目で見破りそうな原始的な技術だったってこと。だったら九歳児をもっと雇いなさいよ、と言ってやったわ。どうせそっちの職員の半分は十歳とか十一歳なんでしょうって。議論はそれで終わり」

「チェルトナムはわれわれの問い合わせの裏にある理由を、何かはっきりしたことばで知らされているのか？　どうだね、スチュアート？」バッテンビーが遠くから訊いた。「そもそも彼らに説明したときに、これは部（サービス）内の保安に関することかもしれないと、なんらかのかたちで示唆したのかな？　彼らがそれを察する可能性があったときみは思うかね？」

「まったく思いません」プロクターは自信をもって答えた。「町全体をカバーする説明をおこない、染付の取引に注意してほしいと伝えただけですから。内容も理由も説明していません。だから彼らはいま文句を言っているのです。取引業者や個人の自宅からの怪しい通話についても注意をうながしておきました。フロリアンは他人の電話をよく使うので。もちろんその際、電話代は支払って、誰も不幸にしません。海辺に安手のカフェがあって、ポーランド人が経営しています。そこからひと月に十八回、合計九十四分間、ガザに電話をかけています」

「相手は？」バッテンビーがコンピュータをいじりながら訊いた。

「おもにフェリックス・バンクステッドという平和活動家、フロリアンのかつてのパートナー、アニアの内縁の夫です」プロクターは答えた。その質問はありがたかった。フロリアンのもっと大きな罪を薄めるきっかけになったからだ。「フロリアンとバンクステッドはボスニア以来のつき合いです。バンクステッドは『フェリキタス』と呼ばれる加入者限定の中東のニューズレターを編集している。フロリアンは長年そこにさまざまなペンネームで寄稿しています。いかにも論争を呼びそうな記事です。バンクステッドは彼の編集担当であり、安全器（カットアウト）でもある」

テリーザは感心しなかった。

「それも法廷で大受けするでしょうね。五十ポンドの年間購読料で、イギリスのスパイマスターが提供する最新情報を読もう。でも、いちばんとびきりの情報はサルマのために取っておいたはず。彼女がいつも最初に手をつけた。でしょう、スチュアート？」

「彼女はそれを具体的にどう利用したと思う、スチュアート？　長い目で見て？」バッテンビーが言い添えた。

「サルマが適当と見なす方法で配ったと思われます」プロクターは慎重に答えた。「誰に、どうやってかはまだわかりませんが、彼女の平和主義の活動をさらに進めるためでしょう、それがわれわれから見てどれほど見当ちがいだとしても」そこで気を取り直して続けた。「つまり、実際のところ、クエンティン、われわれはあなたの厳格な指示にもとづき、まだ損害の査定にまったく踏みこんでいないのです。あなたの感触では、こちらがどういう作り話をしようと、外務省の分析官が動きはじめた瞬間に真相が飛び出す。現時点でわかっている範囲では、そうなっていません」

「ありがたや（インシャラー）」テリーザが敬虔（けいけん）につぶやいた。

「それがこの件に関するあなたの意向でした、クエンティン」

「全体的に、スチュアート」いまの発言は聞かなかったことにして、バッテンビーが言った。

「フロリアンがさまざまなペンネームを使って『フェリキタス』や類似の出版物に寄稿するとき

かった声で。

の論調は、どういう感じなのだ、たとえば?」——彼としてはもっとも思索的で、現実から遠ざ

「ご想像どおりかと、副部長。アメリカはいかなる犠牲を払っても中東を操ろうと決意していて、自分で始めた戦争の結果に対処しなければならなくなるたびに、次の戦争を始める習わしである。NATOは冷戦期の遺物であって、もはや利益より害になる。そして権限もなくリーダーもいない哀れなイギリスは、うしろからついていくだけ。いまだに偉大さを夢見ていて、ほかに夢見るものを知らないから」プロクターが言ったあと、短い沈黙ができた。辛辣(しんらつ)な話題転換が必要と考えたテリーザがそれを破った。

「スチュアートから聞いた? あの男があつかましくも、不快なくず新聞のひとつにこの部(サービス)のことをなんと書いたか」とバッテンビーに尋ねた。

「私の記憶にあるかぎり、聞いてないね」バッテンビーは用心深く答えた。

「ジョン・スミスだかなんだか、そういう偽名を使ったフロリアンによると、イラクのいまの混乱はすべて、気高いイギリスの秘密情報部が考え出したものだそうよ。なぜか? その歴代もっとも有名なふたりのスパイ、トマス・エドワード・ロレンスとガートルード・ベルが、ある日の午後、思いついたように物差しと鉛筆でイラクの国境を定めたから。おまけに、当時いちばん説得力のあったこの部(サービス)が、権力狂いのCIAを焚(た)きつけてイラン史上最高の指導者を追放させ、それによってあの無残な革命を一から引き起こした。そんなことまで、いけしゃあしゃあと読者

に説いている」

テリーザは軽い息抜きのつもりで言ったのかもしれないが、プロクターから見てバッテンビーには逆効果だった。バッテンビーは深く考えこんでいるのかもしれなかった。透き通った青い眼を暗くなった窓に向けてじっと点検し、手入れの行き届いた指先で下唇をつまんでいる。

「われわれのところに来るべきだったのだ」彼は言った。「話を聞いてやったのに。力になってやれた」

「フロリアンが来るの？」テリーザは、信じられないというふうに訊いた。「で、アメリカの政策を変えさせてくれとわたしたちに頼む？　そのあとは？」

「歴史のなかに消える。二度とこういうことは起きないし、いまのところ明らかな損害もない」バッテンビーは窓に向かって続けた。「そういうことを彼らに言ってみたか？」

「しっかり言ったわ。彼らが受け入れるかどうかは別の話だけど」テリーザが言った。

プロクターは低姿勢を貫こうと決めていた。フロリアンは部(サービス)の計画や麻痺(まひ)状態についてもらしたただろうか。情報提供者についても？　組織の一部が、植民地主義的幻想の原生林をさまようあさはかな問題女に与(くみ)して、客観的な助言という長きにわたる伝統を捨てたことも？

バッテンビーが、すべてをうやむやにする理由を見つけて言った。「否定してしまえばいい。彼は完全なイギリス人ではない。その線で説明できる。この部(サービス)の正式な部員になったことはないし、せいぜい一時雇いにすぎなかった。たったひとつの腐ったリンゴだ」

テリーザは納得しなかった。

「クエンティン。いいかげんにして。木曜の《タイムズ》紙に載ったデボラの追悼記事を読んだ？　こうよ。〝この四半世紀、称賛する同僚たちからデビーと呼ばれていた彼女は、わが国でも指折りの才気あふれる諜報担当官だった。いつか彼女の国益への貢献がつまびらかに語られる日が来ることを願おう〟。フロリアンは彼女の夫でしょ？　妻の葬儀の二十四時間後に彼を引っ捕らえて報道機関が気づかないと本気で言うつもり？」

バッテンビーはそんなことを言っているのだろうか、とプロクターは思った。そもそも何かを言っているのか？　この話し合いのあいだ、彼はどこにいた？　いないも同然だったのでは？　それともたんに形勢をうかがって強いほうにつこうとしている？

「部全体の利益ということを考えれば」バッテンビーはまた窓に向かって言った。〝全体〟と言うことで安全な距離が保たれるかのように。「いまわれわれが探っているのは、損害を抑えることだ」

声は大きくなっていないが、もう無表情ではなかった。プロクターの耳には、委員会向けの発言のリハーサルのように聞こえた。話すほどに、強調すべきところがうまく強調されてきた。

「たしかに彼には非常に強い措置を講じなければならない。必要とされるのは、彼の裏切りのあらゆる面を網羅した決定的な無条件の自白だ。数週間、必要なら数カ月にわたって取り調べをおこなうが、知らせるのは最小限にする。大臣のみだ。彼が彼女に与えたものを初日からすべて調べ上げる。彼の知る範囲で、彼女がそれをどのように、どんな目的で使ったかも。それがなければ取引の可能性はいっさいない。ゼロだ。われわれの条件はあくまで」――次のことばをためらっているようだった――「絶対、厳格、交渉拒否だ」

「彼らも同じ」テリーザが怒ってさえぎった。「ホワイトホールはスズメバチみたいにいきりたってる、念のため言っておくけど。あの人たちは午前中に大嘘をつけと頼まれて、午後に足首のまわりにズボンをおろしてるところを捕まえられるわけにはいかない。わたしたち部(サービス)は、彼らが明日の《ガーディアン》紙で〝フロリアンの冒険――第一弾〟という記事を読まないことを保証できる？　フロリアンを厳しく罰すればそれですむ？　いまの状況を見ると、事はそううまく運びそうにない。それが彼らの法律的な意見よ。わたしの意見が聞きたいなら、これが精いっぱい」――薄茶色のフォルダーを開き、短い緑のリボンがついた公式ふうの文書を、これ見よがしに取り出して振りかざし――「三時間前に彼らから血の出る思いで無理やり搾(しぼ)り取った内容よ。ここからはコンマひとつ変えられない。もしフロリアンがこれに署名しないなら、すべては白紙に戻る」

★

一時間後、プロクターがもうコップは満杯だと思っていたとしても、建物の入口で追加の朗報が待っている。警備員から携帯電話を回収すると、二時間前にエレンが送ったショートメッセージに挨拶（あいさつ）される。エレンはヒースローに向かっている。発掘作業は期待されたほど成果があがらなかったようだ。

13

プロクターはその日の朝九時に渋滞のロンドンをあとにした。部(サービス)のフォードをいつもどおり慎重に運転し、ふだんより上等のスーツを着ていた。上着の内ポケットには、羊皮紙を模した薄手の長い高級紙の文書が収まっている。これで待ち受けていた天罰からエドワードを救い出すことができると固く信じていた。ほかの誰にも言えないが、プロクターはそれをエドワードの保釈保証書だと思っていた。何よりも重要なのは、この文書をエドワードに届け、読ませ、考えさせ、署名させることだ。

一時間前、まだドルフィン・スクウェアにいたときに〈シルバービュー〉に電話をかけたが、誰も出なかった。そこですぐに、何度も世話になって信頼している部(サービス)の国内監視部門の責任者、ビリーに連絡をとった。ビリーの課は、デボラの手紙が到着して以来、フロリアンの活動を最大限監視しつづけている。保安上の理由から、ビリーはチームにこの作戦を訓練行動だと説明している。監視対象は管理職だった元部員で、彼らの行動を採点しているのだと。

いや、とビリーは言った。フロリアンは家から出ていない。電話もかけていないようだ。

「世間とのかかわりを断ってるようだな、正直なところ、スチュアート。おれもそうなると思うよ。昨日は葬儀のあとで家にいるのを見た。十一時十分までリリーをそばにいさせた。それからリリーは恋人の書店に行き、フロリアンは家のなかを少しうろついて、窓に影が映ってた。そして午前三時に寝室の明かりを消した」

「チームの面々は、ビリー？　がんばりすぎていないかな？」

「言っとくが、スチュアート、今日ほど彼らを誇りに思ったことはない」

プロクターは、ビリーか彼のチームの監視者の誰かを送ってエドワードを起こそうかとも考えたが、やめておいた。その代わり、八時半に車から書店に電話をかけてジュリアンを呼び出した。ジュリアンは礼儀正しく応答した。ひょっとしてリリーがそばにいますか？

いなかった。ソープネスのソフィおばさんに預けてあるサムを拾いながら、ソフィを〈シルバービュー〉に連れていくのだという。何かぼくにお手伝いできることがありますか？

それを聞いてプロクターは心中ほっとした。セーフハウスでリリーと会ったときから、罪悪感を振り払うことができないでいたからだ。

そこで思いついた。署名によって人生を明け渡す文書をエドワードに早めに見せておくことが重要だという気がした。だから、そう、じつは手伝っていただきたいことがある。そちらにプリンターはありますか？

「どうするんです？」ジュリアンが訊いた。もうあまり礼儀正しくない。

「コンピュータにつなぐのです、もちろん。ほかにどうすると思いました？」

「あなたがたが盗んでいった。忘れたんですか？」

「ああ、では、店にファックス機はありますか？」プロクターは自分の愚かさを呪いながら、もうひと押しした。

「ありますよ、スチュアート。店の倉庫に、ええ、一台あります」

「使える人は？」

「ぼくも使えますけど、あなたがそういうことを訊いているのなら」

「よかった。使っているあいだマシューを遠ざけておくことは可能ですか？」

「可能です」

「リリーも？」――しんと静かになる――「このことで彼女に心配をかけたくないんです、ジュリアン。もう充分心配しているから。彼女の父親に届けなければならない緊急の文書があって、本人だけに見せたい。彼が署名する文書です。いまの状況から見て非常に前向きで建設的な内容ですが、取り扱いに注意を要する。わかりますか？」

「ある程度」

「それをファックスで送るので、封筒に入れてエドワードに直接渡していただきたい。そしてスチュアート・プロクターがこう言ったと伝えてください。〝しっかり読んでほしい。いまそちらに向かっている。この件を片づけるために、いつ、どこで会いたい？〟。それで、いまかけているこの番号を呼び返して〝いつ、どこ〟だけ知らせてもらえますか？」

相手が部（サービス）の若い見習いであるかのようにジュリアンに説明していることに、われながら驚いたが、もとよりこの若者は情報部員向きだとすでに判断していた。

「〈シルバービュー〉にメールで送ると何が不都合なんです？」ジュリアンが反論した。

「不都合なのは、エドワードが自分のコンピュータを持たない主義だからです、ジュリアン、ご承知のとおり」

「デボラのコンピュータも盗んだんですね？」

「回収しました。最初から彼女の所有物ではなかった。それに、エドワードは電話を取らない、これもご承知のとおり。だからあなたの双肩にかかっている。ファックスの番号は何番ですか？」

ジュリアンが反骨精神を少々見せたときにも、プロクターはさほど意外に思わなかった。

「ぼくがそれを読まないと本当に信じているんですか？」

「読むだろうと思っています、ジュリアン。だが、あまり気にはならない」プロクターはあっさり答えた。「ただ、見せびらかさないでください。そんなことをしたら本当に長いあいだ刑期を務めることになる。あなた自身も文書に署名しています。さあ、ファックス番号は？」

そしてプロクターはアントニアに電話をかけ、ジュリアンのファックス番号を伝えて、念のためそれが〈ローンズリーズ・ベター・ブックス〉のものか調べさせた。確認ができ次第、ただちにエドワードの保釈保証書をその番号に送ってほしい。

アントニアはなかなか動こうとしなかった。署名が必要です。

「ならテリーザからもらってくれ」彼はぴしりと言った。「だが、いますぐやること」

解決すべき問題の大きさを考えると、こうした素朴なやりとりにはプロクターでさえ感銘を覚えずにはいられなかったが、重大な出来事は小さな場面の積み重ねとして現われるということがわかる程度にはこの仕事を長く続けていた。

十時二十五分にA12に乗るころには、ジュリアンがエドワードの答えを電話で知らせてきていた――

プロクターひとりで来ること。プライバシーが保てない〈シルバービュー〉では会わない。エドワードはオーフォードを提案していた。天気がよければ、埠頭で午後三時に待っている。悪ければ、二十メートル先の〈難破カフェ〉で。

「彼の反応はどうでした？」プロクターは勢いこんで尋ねた。

「すごくよかったようです、聞いたところでは」

「聞いたところでは？　あなたは彼に会わなかった？」

「ソフィが玄関に出てきました。エドワードは二階で風呂に入っていました。ソフィが言うには、たいへんな夜だったからと。封筒を渡すと彼女は二階に上がり、最後には彼の返事を聞いておりてきました」

「最後には、というのはどのくらいの時間でした?」

「十分。あの文書を何度か読める時間ですね」

「あなたが読むのにどのくらいかかりました?」――冗談だ。

「読みませんでした、それもおかしな話ですけど」

プロクターは彼のことばを信じた。封筒はできれば直接渡してほしかったが、ソフィがかつて別の人生でエドワードの献身的な下部要員だったことを考えると、彼女以上に信頼できる仲介者は考えにくかった。このむずかしい段階で〈シルバービュー〉にソフィがいるというのも、ありがたいことだ。エドワードがストレス下にあるなら――まずまちがいなくそうだろう――ソフィが多少は落ち着かせてくれるだろう。

プロクターは待避所に車を入れ、オーフォードの郵便番号を衛星ナビに入力して、地図を調べ、バッテンビーに手配の状況を知らせようと本部に電話をかけた。バッテンビーは机にいなかったので、助手に伝言を残した。次の仕事はビリーに新しい状況を知らせることだった。彼のチームはエドワードが出発するまで家の監視を続ける。その後は彼の帰宅まで定点観測の人員を置き、チームの残りはオーフォードに入る道や村の広場、隠れた脱出経路を見張る。

「だが、距離はあけてほしい、ビリー、頼むぞ。一世一代の決断をさせるんだからな。アイスクリームを買って埠頭を歩いたりしないでくれ。彼はそういうことをすべて知っている。プライバシーが保たれていると思わせたい」

言い換えれば、エドワードを独占したいということだった。すでに正午になっていた。天気はよさそうだ。三時間後にエドワードが埠頭で待っている。彼と会うことを考えれば考えるほど、期待に胸が躍った。この作戦で、エドワードはプロクターの手柄になる。彼を探し出し、追いつめたのはプロクターだ。そして、これから完全な自白を引き出す――与えた損害も、いるのなら協力者も、手口も、部内にいるか、いると疑われる同調者も。もっとも、同調者についてはあくまで理論上の可能性だ。どう見てもエドワードは一匹狼だから。いちばんの目標は、エドワードが考えるサルマのネットワークのエンドユーザーを聞き出すこと。サルマにブリーフィングとデブリーフィングをする人々（もしいるなら）を特定し、彼女のネットワーク（もしあるなら）について知ることだ。

それらすべてが無事終了したときに、一対一でエドワードに率直に尋ねる――あなたはいったい何者なのだ、エドワード？　あまりにも多くの人物でありながら、まだほかの人物であろうとしているあなたは？　幾重もの偽装をはぎ取ったあとに残るのは誰だ？　それとも、あなたはたんに偽装の合計にすぎないのか？

だとしたら、どうして来る年も来る年も愛のない結婚に耐えていた？　少なくともアニアの説明では、満たされることがなさそうな、より大きな愛のためだというが。

まるで素人の質問だというのはわかっていた。訊くことによってプロクターも、好奇心の強さからとはいえ、不用意に自分をさらしすぎることになるのかもしれない。しかし、追跡が終わったいま、失うものがあるだろうか？　身を焦がす情熱という考え自体にプロクターは当惑した。それに人生を左右されることは言うに及ばず。訓練された彼の精神にとって、何に対してであれ全身全霊で打ちこむことは、安全上の重大な脅威だった。それを避けることが、部の揺るぎない——絶対的な、と言ってもいい——鉄則だ。ただし、運用中の要員が全身全霊で仕事に打ちこむように操縦するのは別の話。

だが、エドワードはこれまでに会った誰ともちがう人間だった。いまさら言うまでもない。哲学的な精神の持ち主であれば——プロクターはほど遠い——エドワードのほうが現実で、プロクターはただの概念だという説明も成り立つだろう。エドワードは生き地獄を何度も味わっていて、プロクターはいくつかそれを目撃したにすぎないのだから。

罪悪感と恥辱の火炉で鋳造される人格とはどういうものなのだろう。残りの全人生を費やして努力しても穢れを消せないことがわかっているというのは。あらんかぎりの力を注いだものが、何度も何度も、ポーランドでも、ボスニアでも——文字どおり、決定的に——自分の足元から奪われていくのを見るだけだったとしたら、どうなるだろう。

バーニーがパリから送ったフロリアンに関する最初の報告書を思い出した。新たに見つけた〝発展途上の将来有望な若い要員〟について、興奮冷めやらぬ書きぶりで、フロリアンの〝巧みに隠されたポーランドでの過去〟にも触れていた。まるでそれが彼の父親の過去ではなく、フロリアン自身の過去、彼が生まれたときから背負っていて、あらゆる人の目から隠されているが、自分だけには見えてしまう何かであるかのように。鼻につく同じ段落の最後では、ほかならぬその埋もれた過去こそが、〝目標となるどんな地位のコミュニストにも対抗して、フロリアンがわれわれのために働く原動力〟だと結論していた。

実際にその原動力が彼を動かしていた――サルマという、もっと強力な別の原動力に置き換わるまで。悲劇の寡婦(かふ)、息子を奪われた母、世俗の過激平和主義者、永遠に手の届かない恋人に。

プロクターも頭では共感することができた。これからの広範な議論では、エドワードが妻にスパイ行為を働いて自国の秘密を外にもらしたことはあとまわしにするつもりだった。どんな客観的基準に照らしても、それは事実であり、二十年の禁固刑と無収入に値する犯罪だったが。

エドワードはいまもこの部(サービス)を、欠点は多いにしても愛しているのだろうか。それも訊いてみよう。おそらく彼は愛している。われわれみながそうであるように。

エドワードはこの部(サービス)を、解決策というより障害物と見なしているのだろうか。プロクターもそう見なすことがあった。国としての一貫した外交政策がないなかで、エドワードは部(サービス)が傲慢(ごうまん)になりすぎていると考えているのか。じつは、そうした考えがプロクターの脳裡(のうり)をよぎることもあった。認めるのにやぶさかではない。

しばらくリリーに戻ろう。ありがたいことに、こちらの地平線は少し明るい。あのかわいそうな娘は本当にいい男と親密になったようだ。昨日ジュリアンが農家の家屋で見せた良識、それを言えばさっきの電話で示した良識をジャックが身につけてくれたら、プロクターとしては大いに満足だった。そしてもし、数多くある長所のなかでもとりわけ堅実で実用的な知恵を持っているケイティが、ジュリアンと同じくらい分別のある誰かとうまくつき合いはじめたら、それこそ拍手喝采(かっさい)だ。

そこから思考がエレンに戻った――ずっと考えていなかったとすればだが。誰が、あるいは何が、彼女のサバティカル休暇に関する考えを変えさせたのか。相手は本当にハンサムな考古学者だったのか。だとしたら、これは彼女の最初の浮気だったのか、それとも自分が知らない相手がほかにもいたのか。ときに自分たちの結婚全体が偽装になる。

プロクターがあとから判断できたかぎりでは、思考がこのあたりまで進んだところで、ビリーから不穏なニュースが入ってきた。フロリアンがまだ出てこないという。〈シルバービュー〉からオーフォードまでは、車でどんなに急いでも四十分はかかる。指定の時間まであと三十分だ。

「彼の車は？」プロクターは訊いた。

「まだドライブウェイにある。昨日の夜からずっと」

「だが、彼はタクシーを使うんだろう？　裏口にタクシーを呼んだのかもしれない」

「スチュアート、こっちは正面玄関も、裏口も、庭の通用口も、家の横のドアも全部見てるんだぞ。すべてのフランス窓に加えて二階の窓と、彼の――」

「ソフィはまだいる？」

「出てきてない」

「リリーは？」

「書店に行ってる。サムと」

「ソフィが家に着いてからいままでに誰か訪ねてきたか？」

「郵便配達員が口笛を吹きながら、いつもどおり十一時十分にやってきた。見たかぎりでは、ダイレクトメールだった。玄関口でソフィとおしゃべりして立ち去った」

「オーフォードには誰がいる？」

「おれの代理が広場にいる。パブにもいる。海鮮レストランの窓にもいる。だが埠頭にはいない。あんたが行くなと言ったから。方針を変えようか？　それともこれまでどおりでいい？」

「これまでどおりで」

★

プロクターは決断しなければならなかった。ただちに決断した。〈シルバービュー〉の見張りに加わってビリーのバンのなかですごすか。エドワードがなんらかの方法で監視をかいくぐり、ほかの手段でオーフォードまで行ったと考えるべきか。エドワードがたんに逃亡した可能性については、あまり悩まなかった。まもなく保釈保証書がもらえるというときに、手に入れようとしない理由があるだろうか。

　オーフォードは左に五キロ。プロクターは左折する。

　すれちがい用の待避所がある細い道。右手に城が現われる。白いマイクロバスが近づいてくる。いったん停止して先に通らせる。愉しそうなバックパッカーたち。おそらくビリーのチームの衛兵交代だ。私の埠頭には近づかないでくれ、全員。

　広場に入る。中央に駐車場。遠い左の端に、埠頭におりる傾斜路がある。両側に並ぶ漁師小屋を眺めながら、そこをゆっくりおりる。ぱらぱらと歩行者がいるが、みなエドワードではない。前方に埠頭が見えてくる。その向こうには何艘かの小船、岬、霧、海がある。駐車するか？　それともしない？　駐車し、ペイ・アンド・ディスプレイの機械は無視して、ぬかるんだ歩道を埠頭まで急ぐ。

　ボート・ツアーを待っている観光客の短い列。屋外デッキがあるカフェが一軒。お茶を飲む人々。ビールを飲む人々。カフェの窓からなかをのぞき、デッキを見渡す。彼がここにいるなら、隠れていないはずだ。私を探しているはずだ。

　ボートハウスの開いた入口で、地元民に見える漁師ふたりが、ひっくり返したボートにニスを塗っている。

「ひょっとして私の友人を見ませんでしたか？　エイヴォン。テディ・エイヴォンですが？　何度もここに来ていると思います」

聞いたことないね、旦那。

プロクターは車に戻って、ビリーに電話をかける。なんの動きもないぞ、スチュアート。必要ないと本能は告げているが、プロクターはプロらしく予防措置をとることにして、助手のアントニアに連絡する。

「アントニア。フロリアンは逃走用のパスポートを何通持っていた？」

「ちょっと調べます。四通です」

「そのうち期限切れになっているのは？」

「ゼロです」

「われわれのほうからも失効させていない？」

「ええ」

「すると、彼が更新しつづけ、われわれは何もしなかったわけだ。すばらしい。彼の正当なイギリスのパスポートも含めて、いますぐすべて無効にしてくれ。すべての空港に警報を出し、見つけ次第確保せよと伝えてくれ」

ジュリアンに連絡する。もっと早くすべきだった。

★

プロクターが〈シルバービュー〉の門をくぐるころには、ジュリアンとリリーは要求どおり、すでに到着していた。前庭にジュリアンのランドクルーザーが駐まっていて、ふたりがちょうど家から出てくるところだった。リリーはうつむき、下を向いたままプロクターの横を通りすぎて、車の助手席に入った。

「エドワードは家にいません」ジュリアンがプロクターとまっすぐ向かい合い、険しい顔で言った。「家のなかを隅から隅まで探しましたけど、書き置きもなければ、何もない。急いで出ていったにちがいありません」

「どうやって？」

「さあ」

「リリーに心あたりは？」

「もしぼくがあなただったら、いまは訊こうとは思いません。でも、答えはノーです」

「ソフィは？」

「キッチンに」ジュリアンはそっけなく言って、ランドクルーザーのリリーの隣に乗りこんだ。

キッチンは広くて暗い。アイロン台がある。洗濯日のにおい。ソフィはタータンチェックのクッションがのった木製の肘掛け椅子に坐っている。ふわふわの白い髪。ポーランドの大草原から来たお祖母ちゃんの戦闘態勢の顔。

「謎よ」彼女は言った。長考した末にそのことばを見つけたかのように。「わたしがここに来たとき、エドヴァルトはふだんどおりだった。お茶が飲みたいと言うので、わたしが淹れる。お風呂に入りたいと言って入る。そのあとジュリアンが来る。エドヴァルト宛ての大きな手紙を持って。わたしはその手紙をバスルームのドアの下から押しこむ。彼は何分間か読んで、オーケイ、とわたしに叫ぶ。オーケイだ。三時でオーケイ。ジュリアンに言ってくれ、三時にオーフォードに行くと。オーケイ。お風呂のあと、エドヴァルトはたぶん庭を散歩する。エドヴァルトは散歩が好き。わたしは家のなかでアイロンをかけている。エドヴァルトは見ない。たぶん友だちが車で迎えに来て、彼を連れていく。わたしは聞こえない。エドヴァルトはデボラのことでとても悲しくて、あまりしゃべらない。ソフィ、デボラがいないのが寂しくてたまらないよ、とわたしに言う。たぶん彼は彼女のお墓に行く」

町を見おろす丘の中腹に車を駐め、プロクターは意を決してバッテンビーのオフィスに電話をかけた。また助手が出たので、フロリアンがいなくなったこと、合意した文書にはまだ署名していないこと、そしてプロクター自身の判断でフロリアンのパスポートを、現行のイギリス国籍のものを含めて取り消し、全空港に監視態勢を敷いたことを伝えた。

するとすぐにテリーザが出てきて、エドワードを逃亡犯と見なさなければならないときわめて明確に宣言し、ただちに警察と検察庁にも連絡するよう提案した。

「テリーザ、このへんを歩きまわっていることも考えられるので、あと数時間もらえないでしょうか」

「もらえるもくそもないでしょ。わたしはこれから内閣府に行く」

プロクターはもう一度ビリーに電話をかける。今度は監視者のチーム全員に町はずれを捜索させてくれと指示する――そして、そう、必要なら空からの捜索も。エドワードを見つけたら、最小限の力で拘束してほしい。ただ、いかなる状況でもまず私が彼と話すまで、警察にも、ほかの誰にも引き渡さないように。

「彼は事の重大さに驚いているだけだ、ビリー。時間稼ぎさ。いずれ現われる」

自分のことばを信じているのか？　わからなかった。すでに午後五時をまわって、夕暮れが近づいていた。いまは待つしかない。あとはときどきジュリアンに電話するだけだ。彼かリリーが何か伝えたくなったときのために。

★

〈ガリヴァーズ〉コーヒー・バーでは、ほんのかすかな音でさえ起爆装置になった。サムは遊び場で元気よく遊んだあと、ベビーカーでぐっすり眠っている。リリーはカウンターのいつものスツールに坐り、頬杖をつくか、携帯電話を見つめて鳴れと念じていた。ホンブルグ帽と黄土色のレインコートのエドワードが通りを歩いてくるという万が一の可能性に期待して、窓辺に行くこともあった。この一時間で二度、プロクターが電話をかけてきて、悪い知らせはないかと訊いていた。いま三度目の電話の呼び出し音が鳴っている。

「地獄へ行けと言っといて」リリーが肩越しにジュリアンにつぶやいた。ストレスでいつもの悪態すら出なくなっていた。

彼女がまた物思いに沈みかけたところで、ドアロにマシューが現われ、郵便配達員のリトル・アンディが配達をちょうど終えて階下の倉庫に来ていると告げた。リリーだけに話さなければならないことがあるらしい。

リリーは携帯電話を取って、マシューのあとから階段をおりた。身長が百九十センチ以上あるリトル・アンディは、いつもの配達員の制服ではなく、ジーンズをはいていた。リリーがあとでジュリアンに語ったところでは、このときふと、配達を終えたばかりだとしたら怖ろしく早く着替えたにちがいないと思った。それでますます嫌な予感がした。彼女はアンディがいつもの陽気な挨拶を省いたことにも気づいた。

「配達員がぜったいしちゃいけないことをしてしまいました、リリー」彼は出だしを端折って途中から話しはじめた。「運ぶ権限のない客を運んでしまった。誰かに見られてたら一巻の終わりです」

心配で心配でしかたがないのは、ミスター・エイヴォンの——わかりました、テディの——健康状態です、とアンディは言った。あんなふうにぼくのバンにもぐりこんで、いきなりびっくり箱みたいに後部座席から飛び出して、すまない、アンディ、ってまるでジョークか何かのように話しかけるなんて。ソフィが彼のためにお茶を用意している最中でなければ、テディはそもそもアンディのバンまでたどり着けなかった。あの体の大きさでどうやってバンのなかに入ったのか、アンディには想像もつかなかった。

そのころにはジュリアンもリリーのすぐうしろに来て、アンディの話を聞いていた。

「テディ、外に出て、とぼくは言った。とにかく出てください、言うのはこれが最後ですよ、と。そしたら彼は、いますぐにも義理の妹が〈シルバービュー〉にやってくるが、顔を見るだけでも耐えられないんだって——おばさんに失礼ですよね、リリー。車のキーをなくしたからしょうがないだろうと彼が言うので、ぼくは、テディじゃなくて、ミスター・エイヴォン、と呼びかけました。あなたがどういう人だろうと関係ありません。このバンからいますぐおりなきゃ警報ボタンを押しますよ、それがあなたの運命になり、たぶんぼくの運命にもなります」

「で、あなたはボタンを押したの、押さなかったの？」リリーは訊いた。ジュリアンの耳にその声は、思ったほど動揺していないように聞こえた。

「危なっかしい綱渡りでした、リリー。彼は、わかった、アンディ、と言いました。まあ落ち着いてくれ、きみの心配はよくわかる、だいじょうぶだ——彼が何かを望んだときにどんなふうになるか、わかりますよね——ガレージを過ぎて次の角を曲がったところでおろしてくれ。誰も見ていないところでおろしてくれれば、そこからは歩いていく。誰にもわからない。さあ、十ポンドを受け取って。もちろんぼくは受け取りませんでしたよ。でも、彼はちょっとまともじゃない感じでした、リリー。いや、つまり、デボラがあんなふうに亡くなったあとでしょう、誰がまともでいられます？　ただ、もしこのことがばれたら——」

「歩いてどこに行ったの？」リリーは相変わらず少し尊大な態度で訊いた。

「それは言いませんでした、リリー。ぼくから訊くチャンスもなかった。本当に信じられないくらいすばやくバンから出ていったんで。彼が言い残したのは、あなたのおばさんにちゃんと敬意を払ってできるだけ遠く離れるということだけでした。そのあと、ぼくは戻ったんです」

「戻るってどこに？」とまたリリー。

「彼をおろした場所を見に行きました。だいじょうぶかなと思って。あの年齢だから、転んで倒れるとか、そういうことになっているかもしれない。けど、彼は別の車に乗せてもらったんです。ほんの数秒のあいだに。数秒だったにちがいない」

「誰の車に？」今度はジュリアンが訊いた。リリーは彼の手をつかんでいた。

「プジョーの小型車でした。黒くて、けっこうきれいな。運転手だけが乗ってた。このへんで他人を車に乗せるというと驚くでしょうけど、そういうこともあるんです」

「その運転手を見た、アンディ？」リリーが訊いた。

「後ろ姿だけ。走り去るときに。エドワードが助手席にいました。知らない人を乗せるときにはそっちのほうが安全だって言いますよね」

「男だった？　女だった？」

「見えませんでした、リリー。このごろ髪型なんていろいろだから」

「ナンバープレートは？」

「地元じゃありませんでした。それは確かです。黒いプジョーに乗ってる人なんて、このへんにはいませんよ。これが全部あなたのおばさんのせいだなんて、まるで意味がわからない。誰が彼を拾ったか、わかるわけないでしょう？　誰だってありうるんだから」

ジュリアンは丁重に礼を言い、必要な場合のみ自分が警察や病院に連絡する、どこで説明するときにもアンディの名前は決して出さないと約束して、彼をドアまで送っていった。階上に戻ると、リリーは〈ガリヴァーズ〉ではなく居間の出窓のまえに立って、海を眺めていた。

「これからどうすべきか教えてくれないか」彼はリリーの背中に言った。「いますぐプロクターに電話するか、何も言わないでおいて、彼がまたここに現われることを天に祈るか」

答えなし。

「もし本当に面倒事に巻きこまれてるなら、プロクターに見つけてもらうのがいちばんかもしれない。そして適切な支援をしてもらう」

「探したって見つからないわ」リリーは振り返って言った。表情が一変していて──喜色満面とはいかないまでも、とても満足げで──ジュリアンは一瞬恐怖を覚えた。

「ついでに言うと、親愛なるレズリーおばさんはゆうべ車でチェルトナムに帰って、家の売却があるまでこのへんには戻ってこない」

「お父さんはどうなった？」

「彼のサルマを見つけに行ったのよ」リリーは言った。「あたしがこれからもあなたに話さない、最後の秘密はそれ」

ニック・コーンウェルによるあとがき

猫にも王を見る権利はあるというが、僕はいまそれと同じ立場に置かれただけでなく、父とその作品について有意義なことを言うよう求められている。ティーンエイジャーのころだったら、悩むまでもなかった。スマイリー対カーラの物語にすっかり夢中で、ことに俳優マイケル・ジェイストンが読む『ティンカー、テイラー、ソルジャー、スパイ』を愛聴していたからだ。四角いＪＶＣのカセットプレーヤーでそれをひたすら聴き、抑揚までまねて引用できるようになった――〝あなたに聞かせる話があります。すべてスパイがらみの話です。もしこれが真実なら――真実だと思いますが――新生サーカスが必要になりますよ〟（情報部員リッキー・ターの台詞）。そのころの僕ならこう言っていただろう――いまも言うかもしれない――デイヴィッド・ジョン・ムア・コーンウェル、もっとよく知られた名でジョン・ル・カレは、最高の父親であるだけでなく、輝かしい唯一無二のストーリーテラーだったと。

二〇二〇年から二一年にかけての冬は陰鬱だった。僕は十二月初旬にコーンウォルの両親の家に行き、癌がいよいよ深刻な段階に達した母の看病をしていた。父は肺炎の疑いで入院中だった。そしてその数日後の夜には、同じ病院に移った母のベッド脇に屈み、お父さんは乗り越えられなかったと告げていた。僕たちは泣き、僕はひとりで家に帰って海に降る雨を見つめた。

僕は笑えるほど幸運だった――いまもそうだ。父が亡くなったとき、ふたりのあいだにはなんのわだかまりもなかった。不用意に投げかけたことばも、未解決の口論も、疑念も、心配事も。僕は父を愛し、父も僕を愛していた。互いに理解し合い、誇らしく思っていた。互いの欠点は大目に見て、ともに愉しんだ。これ以上何を望むというのだろう。

ただし、僕はひとつ約束していた。軽々にそうしたわけではない。もうどの年だったかも忘れたいつか、比喩的な夏の出来事だった。僕たちはハムステッド・ヒースを散歩していた。父も癌を患っていたけれど、それで死ぬというより、それとともに死ぬという感じだった。約束してくれないかと父が言ったのだ――もし私が未完成の原稿を机の上に残して死んだら、それを完成させてくれないか？

僕はイエスと答えた。ノーという答えは考えられなかった。ひとりの作家からもうひとりの作家へ、父から息子へ、自分が続けられなくなったら松明を引き継いでくれないか？　イエス以外はありえない。

だから、暗いコーンウォルの夜に黒々と広がる海を見つめながら、僕は『シルバービュー荘にて』を思い出していた。

まだ読んではいなかったが、あることは知っていた。未完成ではなく、出し惜しみしている原稿が。父は幾度となく手を加えていた。執筆が始まったのは、僕が父の作品の完璧な蒸溜物だと思う『繊細な真実』のあとだった。技巧と叡智と情熱とプロットが見事に表現されたあの作品に続いて『シルバービュー荘にて』は書かれたが、完成の宣言がまだなかった。ひとつの小説と、ひとつの約束が、どちらも未決のままだった。

では、駄作だったのか？　それはどんな作家にも起こりうる。駄作だったとしたら、救済できるのか？　救済できるとしたら、僕の手でそれは可能なのか？　父と同様、僕にも模倣の才能はあるが、それを大規模に展開すること、この本が三百ページを要するとして、その全体で父の声をまねることを考えると、実現に近づくことすらできるのかという思いだった。そもそも近づくべきなのか？

読んでみて困惑はいっそう深まった。畏怖を覚えるほどすばらしかったのだ。単語の重複や、技術的な誤り、ごくまれにわかりにくい段落といった、タイプ原稿段階でふつうに見られる問題はあった。しかし、ゲラになるまえの小説としてはふだん以上に洗練されていて、『繊細な真実』と同じく父の以前の仕事を完璧に反映した〝経験の歌〟であり、同時に、感情を揺さぶる独自の力と独自の考えを持つ一個の独立した物語だった。なぜこれを保留していたのか。なぜ机の抽斗にしまっておいて、手を加えては満足できずにまたしまい、いまに至ったのか。僕としては何を直すべきなのか。この『モナ・リザ』に眉を描き足せというのか？

まれにこの瞬間と自分の役割について考えたときには、四分の三ほど完成した本と、脱稿に向けての大量のメモ、ことによるとまだ盛りこんでいない資料を想像して、自分の仕事はテキストを組み上げて融合させることだろうと思っていた。が、そんなことは何もする必要がなかった。内々の絵筆のひと刷き（はけ）に近い編集作業から、皆さんがいま手にしておられるバージョンが生まれた。いかなる合理的な判断基準からしても、この作品は純粋なル・カレだが、至らぬ点があれば遠慮なく僕の責任と考えていただきたい。

さて、もう一度〝なぜ〟に戻ろう。なぜ皆さんがいまになってこの作品を手にすることになったのか。

ひとつの推論がある。根拠はない。証拠にもとづかない直感だ。こんなことを言ったら、父のサーカスで回覧される情報に厳格な検証可能性を求める決定権者たちに、両耳を持って吊り上げられるだろう。それでも僕は、リッキー・ターのまねではないが、真実だと思う。

父には何よりもはっきりと引いていた一線があった。古びて黄ばみ、少々染みのついた情報部時代の職務上の秘密については話さないという一線だ。実際の名前は口にしないし、もっとも親しく信頼できる人たちにさえ、情報部員だった当時の事実についてはもらさなかった。その時期の父の人生について、僕も印刷物で広く世界に知られたこと以外に何ひとつ知らない。一九六〇年代に秘密情報部（ＭＩ６）（SIS）から離れたにもかかわらず、父は組織と自分にした約束に対して忠実だった。父を激怒させることがひとつあったとすれば、それは彼が作為か不作為によって昔の同僚を裏切ったと示唆されることだった。今日（こんにち）の組織の高官が、諜報活動の政治化について激しく責められたときに、そういうことをときどきほのめかしていたのだ。父は裏切っていなかったが、そういう人たちは静かに、しかし長年一貫して、予告なしに父のすぐそばに現われ、書店や、田舎道（いなかみち）や、それなりに長い偶然の出会いで、自分は知っているぞと父に知らせていた。

ところが本書は、ほかのどのル・カレ作品もしていなかったことをしている。バラバラの組織を見せているのだ。部（サービス）は政治的に動く者たちだらけで、大切にすべき人々にかならずしも親切ではなく、つねに有能で用心深いとはかぎらず、最終的に存在価値があることを証明できるかどうか疑わしい。本書のイギリスのスパイたちは、僕たちの多くと同じく、国家の意味や、自己認識に確信が持てなくなっている。『スマイリーと仲間たち』のカーラに言えたことが、ここでは僕たちの側に言える。組織の人間性が然るべき役割を果たしていないのだ。そこから、その役割自体が犠牲に見合うものだろうかという疑問が湧く。

父はそのことを大声で言いたくなかったのだと思う。本人が意識していたかどうかは別として、二十世紀なかばに首輪のない迷子（まいご）犬だった彼に居場所を与えてくれた組織の真実を、その組織に示すことがどうしてもできなかったのだと思う。すばらしい本を書いたが、見直してみると露骨すぎて、書きこめば書きこむほど、工夫を凝らせば凝らすほど、むしろそれが目立ってしまった――だからこうなったのではないか。

皆さんの意見もあるだろう。それも僕のと同じくらい悪くないだろうが、とにかく僕はそう信じている。

この本のページには僕の父がいて、いつものように真実を伝え、物語を紡ぎ、読者に世界を見せようと努力している。

『シルバービュー荘にて』へようこそ。

ニック・コーンウェル

二〇二一年六月

ニック・コーンウェルはジョン・ル・カレの末息子。ニック・ハーカウェイのペンネームで執筆している。

訳者略歴　1962年生，東京大学法学部卒，英米文学翻訳家　訳書『スパイはいまも謀略の地に』ジョン・ル・カレ，『ジョン・ル・カレ伝』アダム・シズマン（共訳），『レッド・ドラゴン〔新訳版〕』トマス・ハリス，『あなたを愛してから』デニス・ルヘイン，『ボーン・トゥ・ラン』ブルース・スプリングスティーン（共訳）（以上早川書房刊）他多数

シルバービュー荘(そう)にて

2021年12月20日　初版印刷
2021年12月25日　初版発行

著　者　ジョン・ル・カレ
訳　者　加賀山卓朗(かがやまたくろう)
発行者　早　川　　浩

発行所　株式会社　早川書房
東京都千代田区神田多町２－２
電話　03 - 3252 - 3111
振替　00160-3-47799
https://www.hayakawa-online.co.jp

印刷所　信毎書籍印刷株式会社
製本所　大口製本印刷株式会社

定価はカバーに表示してあります
ISBN978-4-15-210069-6 C0097
Printed and bound in Japan
乱丁・落丁本は小社制作部宛お送り下さい。
送料小社負担にてお取りかえいたします。